तेरे बिन मन

(लघु उपन्यास)

तेरे बिन मन

महिमा यादव

नमस्ते,

"**तेरे बिन मन**" मेरी पहली साहित्यिक कोशिश है, जो महज़ एक कहानी नहीं, बल्कि मेरे दिल का एक टुकड़ा है।

आज के इस दौर में जहाँ रिश्तों की परिभाषाएँ बहुत तेज़ी से बदल रही हैं, मैंने इस किताब के ज़रिए प्रेम के उस बेहद प्राचीन, निश्छल और पावन रूप को टटोलने की कोशिश की है जो सिर्फ पाने का नाम नहीं है। यह कहानी है मायरा और नील की, जो हमें सिखाती है कि सच्चा प्रेम अपने साथ कितना असीम सम्मान, समर्पण और त्याग लेकर आता है।

इस उपन्यास के हर पन्ने में आपको रिश्तों की मर्यादा, समाज के कड़वे अनुभवों के बीच पनपता एक अनकहा दर्द और दो आत्माओं का गहरा जुड़ाव महसूस होगा। कभी-कभी परिस्थितियाँ हमें दूर कर देती हैं, पर दूरियाँ कभी मोहब्बत को कम नहीं कर पातीं—यही इस कहानी की आत्मा है।

एक लेखिका के रूप में मेरी यह पहली यात्रा है। उम्मीद करती हूँ कि मायरा और नील के इस सफ़र में जब आप अपनी आँखें मूँदेंगे, तो प्रेम और त्याग की यह कशमकश आपके दिल को भी उतनी ही शिद्दत से छुएगी, जितनी शिद्दत से इसे लिखते वक्त मेरा दिल धड़का था।

आपकी प्रतिक्रियाओं का इंतज़ार रहेगा।

– आपकी, महिमा यादव

“ज़िंदगी में कुछ ‘हाँ’ ऐसे होते हैं, जिन्हें अगर सही वक़्त पर न कहा जाए... तो वो उम्र भर का ‘काश’ बन जाते हैं। इसलिए मौके को पहचानिए, हिम्मत करिए और कदम आगे बढ़ाइए।”

3 साल बाद...

भाग 1: यादों का स्टेशन और वो रिमझिम बौछारें

अंबाला रेलवे स्टेशन का वो कोहरा और सन्नाटा

अंबाला कैंट रेलवे स्टेशन के प्लेटफार्म नंबर तीन पर समय जैसे ठहर सा गया था। हवाओं में एक अजीब सी ठंडी नमी थी, जो सीधा रूह को छूकर गुज़र रही थी। उत्तर भारत की इस ढलती शाम में मौसम ने अचानक ही एक ऐसी रुमानी और रहस्यमयी करवट ली थी, जिसने वहाँ मौजूद हर एक शख्स के मन में एक अजीब सी सिहरन भर दी।

जब-जब वह सरसराती हुई, कोहरे से लिपटी शीतल पवन बदन को छूकर गुज़रती, तो दिल के किसी बंद पड़े सूने कोने में यादों का एक पूरा कारवां जाग उठता और मन में एक असीम मगर भारी सुकून तैर जाता।

मायरा और अंकुर अभी-अभी स्टेशन के बाहर आकर रुके एक नीले ऑटो से उतरे ही थे। ऑटो का किराया चुकाते समय अंकुर के हाथ ठंड से थोड़े काँप रहे थे। तभी, जैसे आसमान ने दिल के किसी गुबार को खोलने का फैसला कर लिया हो, रिमझिम वर्षा की नन्हीं-नन्हीं बूंदें फिर से गिरने लगीं।

बारिश की वो पहली ठंडी, मखमली बूंद जैसे ही मायरा के दाहिने गाल को छूकर उसकी ठोड़ी की तरफ फिसली, उसके पूरे वजूद में एक गहरी संतुष्टि और बेहद प्यारी, मगर दर्द से घुली हुई मुस्कान तैर उठी।

ऐसा प्रतीत हो रहा था मानो आज उसके इस प्यासे और थके हुए हृदय को कोई अलौकिक, दैवीय तृप्ति मिल गई हो। इस खुशनुमा और कुछ-कुछ उदास मौसम

का आनंद लेते हुए, वह अपने गुलाबी होंठों पर उसी मंद मुस्कान को सजाए, अपने बड़े से ट्रैवल बैग को संभालती हुई रेलवे स्टेशन की मुख्य इमारत की ओर बढ़ने लगी।

आमतौर पर सफर के दौरान बारिश में भीगने पर किसी भी आम मुसाफिर को जो झुल्लाहट, चिड़चिड़ाहट या परेशानी होती थी, आज मायरा के चेहरे पर उसका नामोनिशान तक नहीं था। आज तो उसके चेहरे का भाव ही कुछ अलग, कुछ जुदा था। वह स्वयं भी इस बात से पूरी तरह अनजान थी कि आख़िर उसका मन, जो पिछले तीन सालों से एक घने अंधेरे और खामोशी में कैद था, आज इतना प्रफुल्लित, इतना आनंदित और अशांत क्यों महसूस कर रहा था?

क्या यह सिर्फ मौसम का जादू था, या उसकी आत्मा को इस बात का पहले से इल्म हो चुका था कि आज उसकी ज़िंदगी का सबसे बड़ा सच उसके सामने आने वाला है?

स्टेशन के भीतर, जहाँ पीली लाइटों की रोशनी सीमेंट के फर्श पर गीली परछाइयाँ बना रही थी, वहाँ पहुँचकर मायरा एक पल के लिए रुकी। उसने अपने कंधे पर लटके बैग को नीचे रखा और अपनी हथेली से बालों पर जमी बारिश की बूंदों और कपड़ों को हल्के से पोछने लगी|

तभी... जैसे ही उसने सामने की ओर अपनी घनी पलकों को उठाया, उसका पूरा वजूद जैसे जड़ हो गया। वह जहाँ थी, वहीं स्तब्ध रह गई। उसकी बड़ी-बड़ी, झील सी गहरी आँखें विस्मय और एक अनजाने खौफ से खुली की खुली रह गईं।

वही सुगठित, लंबा और कसरती कद... वही सम्मोहक, शांत मगर जादुई व्यक्तित्व–जिसे वह कॉलेज के दिनों से, अपनी ज़िंदगी के हर मोड़ पर अपना आदर्श, अपनी आखिरी उम्मीद मानती आ रही थी, वह व्यक्ति ठीक उसके सामने, महज़ बीस कदम की दूरी पर खड़ा था!

वह नील था।

हृदय की धड़कनें और वो ठहरा हुआ लम्हा

अंकुर, जो अभी तक अपनी जेब में हाथ डाले ट्रेनों के समय की घोषणा सुन रहा था, नील को अचानक सामने देखकर वहीं ठिठक गया। उसके पैरों की गति रुक गई और उसने अविश्वास से कभी नील को तो कभी अपनी बहन मायरा को देखा।

दूसरी ओर, मायरा के सीने के भीतर दिल की धड़कनें इस कदर बढ़ गईं, मानो उसकी छाती को चीरकर बाहर आ जाएँगी। उसे अपनी कानों में सिर्फ अपनी ही साँसों की तेज़ आवाज़ सुनाई दे रही थी।

ऐसा लगा मानो उसकी पूरी कायनात, समय का चक्र, और स्टेशन की वो पूरी भीड़-भाड़ एक झटके में ठहर सी गई हो। जो कुछ उसकी आँखों के सामने इस वक़्त घटित हो रहा था, उस पर यकायक विश्वास करना किसी भी इंसान के लिए नामुमकिन था|

"क्या यह कोई ख्वाब है? क्या मैं फिर से कोई ऐसा सपना देख रही हूँ जिससे जागने के बाद सिर्फ तकिये पर आँसू मिलते हैं?" मायरा ने मन ही मन खुद से पूछा।

लेकिन नहीं, यह सपना नहीं था। जिस एक लम्हे के लिए, जिस एक चेहरे को दोबारा देखने के लिए उसने अपनी ज़िंदगी के तीन लंबे, तड़पते और सिसकते हुए साल सिर्फ इंतज़ार की सूली पर गुज़ार दिए थे, आज वो पल आखिरकार हकीकत बनकर उसके सामने आ खड़ा हुआ था। भावनाओं के इस अचानक उमड़े सैलाब में वह इस कदर सुन्न हो चुकी थी कि उसे समझ ही नहीं आ रहा

था कि वह रोए, हँसे, या वहाँ से भाग जाए| अपनी प्रतिक्रिया को व्यक्त करने की उसकी सारी क्षमताएँ जैसे दम तोड़ चुकी थीं|

मायरा ने अपनी कांपती हुई पलकों को थोड़ा झुकाया, फिर अपनी सारी हिम्मत को समेटकर नील की तरफ देखते हुए अपने होंठों पर एक हल्की सी, अधूरी मुस्कान बिखेरी। वह मुस्कान जिसमें प्यार भी था, तीन सालों का दर्द भी था और ढेरों शिकवे भी थे।

नील ने भी जब सामने देखा, तो उसकी नज़रें सीधे मायरा पर जाकर टिक गईं। इतने सालों बाद मायरा को अचानक इस तरह अपने सामने पाकर उसके चेहरे पर भी एक बेहद गहरी खुशी दौड़ गई, लेकिन उस खुशी के ठीक पीछे, उसकी आँखों की गहराइयों में एक बहुत बड़ी कशमकश, अपराधबोध और उलझन भी तैर रही थी| वह समझ नहीं पा रहा था कि वह आगे बढ़े या अपनी जगह पर ही खड़ा रहे।

तभी अंकुर ने इस भारी पड़ते सन्नाटे को तोड़ने का फैसला किया। उसने आगे बढ़कर नील की आँखों में देखा, उसके चेहरे पर एक फीकी ही सही पर शिष्टाचार वाली मुस्कान आई और उसने नील का अभिवादन किया, "हाय नील... कैसे हो?"

नील ने अपनी नज़रें मायरा से हटाकर अंकुर पर टिकाईं, "मैं... मैं ठीक हूँ अंकुर। तुम लोग यहाँ?"

नील और मायरा पूरे तीन साल के एक लंबे, दर्दनाक और अंतहीन अंतराल के बाद एक-दूसरे के आमने-सामने खड़े थे।

दोनों के दिलों में जहाँ एक तरफ अनगिनत अनसुलझे सवाल, कड़वी यादें और पुरानी उलझनें मुँह बाए खड़ी थीं, वहीं इस अप्रत्याशित और अचानक हुए मिलन

की एक ऐसी बेनाम, मासूम खुशी भी थी जिसे दोनों में से कोई भी चाहकर भी छुपा नहीं पा रहा था।

प्लेटफॉर्म नंबर दो की खामोश गवाही

नील अब भी एकटक मायरा को निहारे जा रहा था, मानो वह यह यकीनन देखना चाहता हो कि इन तीन सालों ने उसकी मायरा को कितना बदला है।

उसकी वही चिरपरिचित, झील सी गहरी और थोड़ी उदास आँखें, जो बिना कुछ बोले भी पूरी दास्तान बयां कर देती थीं... उसके सलीके से कंधों पर लहराते लंबे, काले बाल जो बारिश की बूंदों से थोड़े गीले होकर उसके गालों पर चिपक गए थे... उसका वही सुगठित लंबा कद और पहनावे का वह सादगी भरा मगर अनूठा अंदाज़–ये सब मिलकर आज भी उसके आकर्षण को सौ गुना बढ़ा रहे थे।

पर इन सबसे बढ़कर जो चीज़ नील के दिल को सीधे भेद रही थी, वो थी मायरा की वह मंद, दबी हुई मुस्कान, जो आज भी किसी का भी मन मोह लेने के लिए और पुराने सारे ज़ख्मों को हरा करने के लिए काफी थी।

मायरा इस समय अपनी ज़िंदगी के एक बिल्कुल नए और शुरुआती पड़ाव पर खड़ी थी। उसने अपनी इंटीरियर डिज़ाइनिंग की पढ़ाई पूरी कर ली थी और अब वह अपनी व्यावसायिक ट्रेनिंग यानी इंटर्नशिप के सिलसिले में कुछ समय के लिए अंबाला आई हुई थी।

उसे क्या मालूम था कि जिस शहर को वह सिर्फ काम के लिए चुन रही है, वहीं उसकी तक़दीर का सबसे पुराना पन्ना खुला मिलेगा।

अंकुर वहाँ खड़ा होकर उन दोनों के बीच के इस असहनीय तनाव और खिंचाव को महसूस कर पा रहा था। वह जानता था कि इन दोनों को इस वक़्त किसी

तीसरे की मौजूदगी बिल्कुल गवारा नहीं होगी। इसलिए, उन दोनों को थोड़ी एकांत और बात करने की जगह देने के उद्देश्य से, अंकुर ने अपनी जेब से फोन निकाला और किसी काम का बहाना बनाते हुए कहा, "मायरा, मैं ज़रा पूछताछ केंद्र से ट्रेन का स्टेटस पता करके आता हूँ। आप लोग यहीं रुको।" और इतना कहकर वह तेज़ी से सीढ़ियों की तरफ खिसक गया।

अब वहाँ सिर्फ नील और मायरा थे। पृष्ठभूमि में लाउडस्पीकर पर ट्रेनों की आवाजाही की घोषणाएँ हो रही थीं, कुलियों की आवाजें आ रही थीं, लेकिन उन दोनों के बीच एक मुकम्मल खामोशी पसरी हुई थी।

नील को अमृतसर के लिए जाने वाली ट्रेन पकड़नी थी, जबकि मायरा की ट्रेन दूसरी दिशा में जाने वाली थी| लेकिन गनीमत यह थी कि अभी दोनों ही ट्रेनों के स्टेशन पर आने में अच्छा-खासा, यानी करीब आधा घंटा बाकी था।

नील ने मायरा के चेहरे पर फैली उस कशमकश को देखा, अपने गले को थोड़ा सा साफ़ किया और धीमी, सुरीली आवाज़ में सुझाव दिया, "मायरा... यहाँ खड़े रहने से बेहतर है कि हम कहीं बेंच पर बैठ जाएँ, या चाय की दुकान के पास चलकर थोड़ी बात करें?

अगर तुम्हें कोई ऐतराज न हो तो..."

मायरा ने नील की आँखों में देखा। उन आँखों में आज भी वही पुराना हक़ और मनुहार थी जिसे वह कभी ठुकरा नहीं सकती थी। उसने मूक सहमति में, बिना कुछ बोले, धीरे से अपना सिर हिला दिया।

वे दोनों रेलवे स्टेशन के प्लेटफॉर्म नंबर दो की पीली पट्टी के साथ-साथ बेहद धीमी गति से टहलने लगे। उनकी ट्रेनें अलग-अलग प्लेटफॉर्म पर आने वाली थीं, इसलिए वे इस संक्षिप्त, अचानक मिले मगर बेहद कीमती पल को पूरी शिद्दत और गहराई से जीना चाहते थे। उनके कदम जानबूझकर इतने धीमे उठ

रहे थे, मानो वे ज़मीन के उस टुकड़े को पकड़कर रखना चाहते हों, ताकि यह वक़्त यहीं थम जाए और ट्रेन कभी आए ही न।

तभी, प्लेटफॉर्म से नीचे उतरने वाली सीढ़ियों के पास पहुँचकर, मायरा पुरानी यादों के एक ऐसे गहरे भंवर में इस कदर खोई हुई थी कि उसे ज़रा भी भान नहीं रहा कि वह अपना कदम कहाँ रख रही है।

उसके ज़ेहन में चार साल पहले का चंडीगढ़, रॉक गार्डन और नील की वो हँसी घूम रही थी। इसी सुध-बुध खोने की वजह से, अचानक उसका पैर सीढ़ी के बिल्कुल ऊपरी कोने से फिसला।

इससे पहले कि मायरा का संतुलन पूरी तरह बिगड़ता और वह कंक्रीट की सीढ़ियों पर नीचे गिरती, नील ने अत्यंत फुर्ती और मुस्तैदी से लपककर उसका दाहिना हाथ कलाई से ऊपर से कसकर थाम लिया।

यह उनकी पूरी ज़िंदगी का पहला ऐसा मौका था जब नील ने मायरा को छुआ था। महज़ दो या तीन पलों के लिए पूरी कायनात जैसे रुक गई। मायरा की साँसें नील के चेहरे पर महसूस हो रही थीं। जैसे ही मायरा ने खुद को संभाला और अपने पैरों पर खड़ी हुई, नील ने अत्यंत शालीनता और शालीन मर्यादा के साथ तुरंत अपना हाथ पीछे खींच लिया।

पर उस छुअन का असर मायरा के पूरे जिस्म में एक करंट की तरह दौड़ चुका था। मायरा का अशांत मन भीतर ही भीतर चीख-चीखकर कह रहा था—'काश! काश नील आज मेरा हाथ यूँ ही थामे रखता... काश वह इसे कभी न छोड़ता, चाहे दुनिया इधर की उधर हो जाती...'

लेकिन शायद, नियति के क्रूर हाथों को उनकी तक़दीर के पन्नों पर कुछ और ही कड़वा सच लिखना मंजूर था।

सादगी और संस्कारों का वो पुराना चेहरा

मायरा को अगर कोई पहली नज़र में देखे, तो वह उसे आज के दौर की, यानी 'जेन-जी' (Gen-Z) पीढ़ी की एक बेहद आधुनिक लड़की समझेगा।

लेकिन हकीकत यह थी कि वह बेहद सादगीपूर्ण और गंभीर जीवन जीने वाली लड़की थी। उसके विचार उतने ही ऊंचे और गहरे थे जितने किसी दार्शनिक के हो सकते हैं।

इस चकाचौंध और संसार की ऊपरी तड़क-भड़क का उसकी अंतरात्मा पर कभी कोई खास असर नहीं पड़ा था; उसकी अपनी एक अलग विचार प्रक्रिया थी, अपनी एक छोटी सी शांत दुनिया थी और अपने ही कुछ कड़े आदर्श थे।

कहने को तो वह उसी नए दौर की पैदाइश थी, पर वह मानसिक रूप से इस पीढ़ी के खोखलेपन से मेल नहीं खाती थी।

इसका मतलब बिल्कुल यह नहीं निकाला जा सकता था कि वह किसी पुराने, दकियानूसी ख्यालों की लड़की थी या उसे मॉडर्न होना पसंद नहीं था।

वह आज की प्रगतिशील विचारधारा वाली, एक पूरी तरह से स्वतंत्र, पढ़ी-लिखी लड़की थी, जिसमें अपने परिवार के संस्कार और सांस्कृतिक मूल्य कूट-कूट कर भरे हुए थे।

उसकी सोच का सार बस इतना सा था कि उसे आज के युवाओं की तरह सिर्फ समाज में 'कूल' या 'ट्रेंडी' दिखने के चक्कर में गलत हरकतों, दिखावे और खोखली, बिना जड़ों वाली विचारधारा को अपनाना बिल्कुल पसंद नहीं था।

वह रिश्तों में ठहराव, ईमानदारी और गहराई चाहती थी—शायद यही वजह थी कि वह नील के उस पुराने, बेबाक अंदाज़ पर अपना सब कुछ हार बैठी थी।

बेंच का वो फासला और दिल का बवंडर

सीढ़ियों के उस हादसे के बाद, जब वे दोनों प्लेटफॉर्म के एक थोड़े शांत कोने में पहुँचे, तो मायरा का मन ही मन मुस्कुरा उठा।

नील द्वारा ऐन वक़्त पर थामा गया उसका वो हाथ और वो पूरा लम्हा उसे किसी रोमांटिक फिल्मी दृश्य से कम नहीं लग रहा था। वह भीतर ही भीतर इस बात से बेहद खुश और रोमांचित थी कि उसकी उदास ज़िंदगी में भी इतना फ़िल्मी सीन घटित हुआ है–ठीक वैसे ही, जैसे किसी बड़े परदे के हीरो ने अपनी हीरोइन को खाई में गिरने से बचाया हो।

वैसे भी, इस कहानी के मुख्य पात्र होने के नाते, वे दोनों एक-दूसरे की नज़रों में किसी हीरो-हीरोइन से कम दर्ज़ा नहीं रखते थे।

साथ ही, उसे इस बात की कहीं ज़्यादा गहरी और असीम खुशी थी कि नील भले ही उससे दूर चला गया हो, पर वह आज भी उसका उतना ही ख्याल रखता है, उसके प्रति उतना ही फिक्रमंद है|

टहलते हुए उन्हें एक खाली, सीमेंट की बेंच दिखाई दी। मौसम की मार से उसकी नीली पेंट थोड़ी उखड़ी हुई थी। दोनों वहाँ जाकर बैठ गए।

मायरा इस वक़्त अपनी आँखों में प्यास लिए ज़ी भरकर नील को देखना चाहती थी। वह उसके चेहरे की हर एक नई लकीर को, उसकी आँखों के नीचे आए हल्के काले घेरों को पढ़ लेना चाहती थी।

शायद उसके अवचेतन मन को इस बात का पूरा अहसास था कि आज की इस मुलाकात के बाद, अगली बार उनका मिलना कब होगा, या होगा भी या नहीं, इसका कोई अंदाज़ा नहीं था।

इसके बावजूद, अपनी मर्यादा और उस अदृश्य दूरी का सम्मान करते हुए, वह जानबूझकर बेंच के दूसरे छोर यानी कोने पर बैठी। उसने दोनों के बीच के उस

खालीपन को भरने के लिए अपना भारी सा ट्रैवल बैग बीच में रख दिया, ताकि एक सीमा बनी रहे। नील ने मायरा के इस कदम को देखा, उसके दिल में एक हल्की सी टीस उठी, और वह भी बिना कुछ बोले बेंच के दूसरे कोने पर जाकर बैठ गया।

वो पुरानी हँसी और पहला सीधा सवाल

अब स्टेशन पर मौसम और भी ज़्यादा ठंडा हो चुका था और बाहर होने वाली रिमझिम बारिश अब तेज़ बौछारों में तब्दील होने लगी थी। पूरे वातावरण में केवल टिन की शेड पर गिरती हुई भारी बूंदों का एक निरंतर, एकरस शोर गूँज रहा था। पृष्ठभूमि में बीच-बीच में स्टेशन के लाउडस्पीकर से आने वाली भारी, यांत्रिक रेलवे अनाउंसमेंट की आवाज़ गूँजकर शांत हो जाती थी।

नील और मायरा, दोनों ही अपने-अपने ख्यालों के गहरे, शांत और डरावने महासागर में खोए हुए थे। दोनों ने एक अजीब सी, दम घोंटने वाली चुप्पी साध रखी थी, जिसे तोड़ने की हिम्मत कोई भी नहीं कर पा रहा था।

तभी लाउडस्पीकर पर खड़खड़ाहट के साथ दोबारा वही आवाज़ गूँजी, "यात्रीगण कृपया ध्यान दीजिए, अमृतसर को जाने वाली गाड़ी संख्या १२४१२ अपने निर्धारित समय से..."

यह यांत्रिक घोषणा सुनकर नील अचानक अपने ख्यालों की उस गहरी दुनिया से झटका खाकर बाहर आया। नील स्वभाव से बहुत ही ज़िंदादिल, मज़ाकिया और महफ़िल की जान बनने वाला लड़का था, जो कभी किसी माहौल को भारी नहीं रहने देता था।

उसने अपनी गर्दन घुमाई, बैग के पार बैठी मायरा की तरफ देखा और अपने चेहरे पर वही पुरानी, चिरपरिचित मुस्कान लाते हुए बेहद सहज लहजे में कहा, "और बताओ, मिस मायरा... क्या हाल-चाल हैं?

ठीक-ठाक हो तुम?"

मायरा काफी लंबे समय, यानी पूरे तीन साल बाद नील की वो असली आवाज़ इतनी नज़दीक से सुन रही थी—वही लहजा, वही शब्दों का उतार-चढ़ाव जो कभी उसके दिन बना दिया करते थे।

उसने अपनी आँखों में उमड़ते हुए आँसू को छुपाने के लिए अपनी पलकें झपकाईं और मुस्कुराकर बस हामी में अपना सिर हिला दिया।

नील ने माहौल को और हल्का करने की कोशिश की, "बात जब नील की हो, और वह ज़िंदगी को लेकर गंभीर हो जाए... ऐसा तो इतिहास में कभी हो ही नहीं सकता!" इतना कहकर वह हमेशा की तरह ज़ोर से ठहाका मारकर हँस पड़ा।

पर आज उस ठहाके में वो पुरानी बेफिक्री नहीं थी। आज उस हँसी के पीछे एक खोखलापन था जिसे मायरा साफ़ सुन सकती थी।

नील ने हँसना बंद किया और मायरा के गंभीर चेहरे को देखकर थोड़ा और करीब होते हुए पूछा, "क्यों मायरा, आज इतनी शांत कैसे हो?

तुम जैसी चुलबुली लड़की ने चुप रहना कब से सीख लिया?"

यह सुनते ही मायरा के मन के भीतर जैसे सवालों का, पुराने जख्मों का और कड़वे अनुभवों का एक भयानक बवंडर उठ खड़ा हुआ। उसे समझ ही नहीं आ रहा था कि वह इस वक़्त कहाँ से शुरू करे, क्या पूछे और क्या न पूछे।

वह न जाने कितने सौ दिनों से, कितनी रातों को जागकर यही सोच रही थी कि जब ज़िंदगी किसी मोड़ पर नील को उसके सामने लाकर खड़ा करेगी, तो वह

अपने हर एक अनसुलझे सवाल का, उस धोखे का, उस मजबूरी का जवाब उससे माँगकर रहेगी!

मायरा ने बेंच पर रखे अपने बैग पर से हाथ हटाया, सीधा नील की उन भूरी आँखों में अपनी आँखें डालीं–जहाँ कभी उसके लिए प्यार था–और बेहद ठंडी मगर स्थिर आवाज़ में कहा, "सवाल तो बहुत सारे हैं नील... बहुत सारे। पर क्या आप सच में आज उनके जवाब दे पाएँगे?"

यह सुनते ही नील के चेहरे पर तैर रही वो नकली मज़ाकिया मुस्कान पल भर में गायब हो गई। उसके माथे पर चिंता और दर्द की गहरी शिकन उभर आई। दोनों ने एक बार फिर गहरी खामोशी से एक-दूसरे की तरफ़ देखा।

स्टेशन का वो शोर जैसे विलीन हो गया, और मायरा का मन उसे सीधा चार साल पहले के उस अतीत में ले गया, जहाँ से इस पूरी दास्तान की शुरुआत हुई थी...

4 साल पहले

भाग 2: – चंडीगढ़ की वो गलियाँ और अनसुने जज़्बात

ख्वाबों का शहर और इंटीरियर डिज़ाइनिंग का जुनून

अंबाला स्टेशन की वो कड़वी और ठंडी खामोशी मायरा को सीधे चार साल पीछे, चंडीगढ़ के उस खूबसूरत और सलीके से बसे शहर में ले गई।

4 साल पहले, जब मायरा के जीवन में नील नाम का कोई तूफ़ान नहीं आया था, तब उसकी ज़िंदगी का एक ही केंद्र था–उसके सुनहरे ख्वाब और उसका करियर।

चंडीगढ़ की साफ़-सुथरी, पेड़ों से ढकी गलियों और सेक्टरों में चहलकदमी करते हुए मायरा हमेशा एक असीम उमंग, ताज़गी और नई आशा से भरी रहती थी। उसके मन में किसी भी तरह के फालतू भटकाव के लिए कोई जगह नहीं थी।

उसके भीतर बस एक ही दृढ़, अटूट संकल्प अंगड़ाइयाँ ले रहा था–शहर के सबसे प्रतिष्ठित और नामी डिज़ाइन कॉलेज में प्रवेश पाकर, अपनी कड़ी मेहनत के दम पर एक दिन देश की बेहद प्रसिद्ध, रचनात्मक और प्रभावशाली इंटीरियर डिज़ाइनर बनना।

मायरा अपने भविष्य, अपनी कला और अपने लक्ष्यों को लेकर इस कदर गंभीर थी कि उसके लिए अपने करियर और पहचान से बढ़कर इस दुनिया में कुछ भी नहीं था।

स्कूल के दिनों से ही उसकी रंगों, आकृतियों, कला और नई-नई रचनाओं में बेहद गहरी रुचि थी। वह अपने स्कूल या आस-पास होने वाली शायद ही कभी किसी ऐसी प्रतियोगिता, एग्जीबिशन या वर्कशॉप में हिस्सा लेने से चूकती थी,

जिसमें उसे अपनी छिपी हुई प्रतिभा को निखारने या खुद को परखने का ज़रा सा भी अवसर मिले।

कॉलेज में दाखिला लेने के बाद, जब उसने द्वितीय वर्ष में प्रवेश किया, तब भी उसका यही कड़ा रवैया बरकरार रहा।

कॉलेज के उस उम्र के लड़कों-लड़कियों में होने वाले सामान्य आकर्षण, कैंटीन के लव एंगल्स, रोज़ बनते-बिगड़ते रिश्तों और वेलेंटाइन डे जैसे आयोजनों का मायरा के मन और मस्तिष्क पर कोई प्रभाव नहीं पड़ता था|

उसके लिए शादी, प्यार-मोहब्बत और आशिक़ी जैसी चीज़ें पूरी तरह से बेमानी, वक़्त की बर्बादी और खोखली थीं|

उसकी आँखों में बस एक ही मंज़िल, एक ही धुन सवार थी—अपना लक्ष्य हासिल करना, और बाकी सब कुछ उसकी अर्जुन जैसी पैनी दृष्टि से पूरी तरह ओझल था।

मन्नत की उलझन और वेलेंटाइन डे का वो डांस कॉम्पिटिशन

एक सुनहरी दोपहर, जब मायरा कॉलेज की लाइब्रेरी के बाहर बेंच पर बैठी अपने अगले प्रोजेक्ट के कुछ स्केचेस तैयार कर रही थी, तभी मन्नत बेहद उत्साह में चहकती हुई अपने बेस्ट फ्रेंड अनीश के साथ मायरा के पास आकर रुकी।

कहने को तो मन्नत और अनीश सिर्फ और सिर्फ 'बेस्ट फ्रेंड्स' थे, कॉलेज का हर ग्रुप उन्हें एक साथ ही देखता था, लेकिन दिल ही दिल में वे दोनों एक-दूसरे को बेहद पसंद करते थे। या यूं कहें कि मायरा का लड़कों को लेकर जो सख्त और संकोची रवैया था, उसके डर से और उसकी संभावित तीखी प्रतिक्रिया के कारण, मन्नत ने कभी अपनी सहेली के सामने अपने दिल की बात जुबां पर

आने ही नहीं दी थी। वैसे मन्नत स्वभाव की बहुत अच्छी थी और मायरा की सबसे करीबी और पक्की सहेली थी।

मन्नत ने मायरा की ड्राइंग शीट पर हाथ रखते हुए बेहद उत्साह और चुलबुलेपन से कहा, "मायरा! सुनो ना, इस बार कॉलेज के एनुअल फेस्ट में, वैलेंटाइन डे के मौके पर एक बहुत बड़ा पार्टनर डांस कॉम्पिटिशन रखा गया है! मैंने और अनीश ने तो डिसाइड कर लिया है, हम दोनों एक साथ इस कॉम्पिटिशन में डांस कर रहे हैं।

तुम भी कब तक किताबों और स्केचेस में खोई रहोगी? अपने लिए भी कोई अच्छा सा, हैंडसम सा पार्टनर चुन लो ना, बहुत मज़ा आएगा!"

अनीश ने भी मुस्कुराते हुए मन्नत की बात का समर्थन किया। लेकिन मायरा ने अपनी पेंसिल रखी, थोड़ा हिचकिचाते और अपनी साफ़ असहमति जताते हुए जवाब दिया, "मन्नत, तुम्हें तो मेरा स्वभाव अच्छे से पता है न कि मुझे इन सब फालतू की चीज़ों और आयोजनों में रत्ती भर भी दिलचस्पी नहीं है। और मान लो, अगर मैंने सिर्फ डांस के लिए भी कॉलेज के किसी लड़के के साथ पार्टनरशिप कर ली, तो वो बिना वजह खुद को स्पेशल समझने लगेगा और फालतू में मेरे पीछे ही पड़ जाएगा।

वैसे भी वो क्लास का जग्गू है ना... आए दिन मुझसे प्रोजेक्ट मॉडल डिस्कस करने और नोट्स माँगने के बहाने ज़रूरत से ज़्यादा फ्रेंडली होने की कोशिश करता रहता है।

तुम्हें इन लड़कों की नीयत और अंदाज़ा नहीं है मन्नत, मुझे इनसे ज़रूरत से ज़्यादा बात करना या घुलना-मिलना बिल्कुल पसंद नहीं है। वैसे भी, अनीश है ना हमारा इतना अच्छा दोस्त—मेरा भी और तुम्हारा भी, तुम दोनों ही भाग लो।"

मन्नत ने मायरा की यह बात सुनकर धीरे से हामी तो भर दी और मुस्कुरा दी, लेकिन मायरा के इसी अत्यधिक संकोच, लड़कों के प्रति रूखे स्वभाव और कड़े दृष्टिकोण की वजह से वह अनीश को लेकर कभी अपने दिल की बात, अपनी तड़प उसे साफ़-साफ़ बता ही नहीं पाई, कि वह अनीश को सिर्फ दोस्त नहीं बल्कि अपना हमसफ़र मानती है।

रोहतक की वो शाम और एक बेफ़िक्र ठहाका

दिन गुज़रते गए और कॉलेज की छुट्टियों के दौरान मायरा को रोहतक में रहने वाले अपने एक करीबी रिश्तेदार की शादी का बुलावा आया। पूरा परिवार वहाँ गया हुआ था, और एक बड़े से पुश्तैनी मकान में दूर-दराज के सभी छोटे-बड़े रिश्तेदार, कज़न्स और उनके दोस्त इकट्ठा हुए थे। चारों तरफ शादी की शहनाइयाँ, रस्में और ढोलक की थाप गूँज रही थी।

एक शाम, जब नीचे रस्मों का शोर थोड़ा ज़्यादा था, मायरा एकांत चाहने के लिए हवेली नुमा घर की खुली, विशाल छत पर चली गई और वहाँ ठंडी हवा में टहलने लगी|

ढलते सूरज की लालिमा आसमान में बिखरी हुई थी।

तभी अचानक... एक बेहद साफ़, दिल खोलकर हँसने की खिलखिलाती हुई आवाज़ उसके कानों में गूँज उठी। वह हँसी इतनी जीवंत और जादुई थी कि मायरा के कदम वहीं ठिठक गए।

उसने चौंककर झटके से पीछे मुड़कर देखा–छत के दूसरे कोने पर, मुंडेर के पास खड़े लड़कों के ग्रुप के बीच, एक लंबे कद और सांवली, सलोनी सूरत का लड़का खड़ा था।

वह लड़का इतनी बेबाकी, इतनी गहराई और अपनी पूरी आत्मा को निचोड़कर दिल खोलकर हँस रहा था, मानो इस मतलबी दुनिया में हँसी की सही, पावन परिभाषा से सिर्फ और सिर्फ वही परिचित हो!

उसके चेहरे पर ज़रा सा भी मुखौटा नहीं था। मायरा ने आज से पहले अपनी पूरी ज़िंदगी में कभी किसी पुरुष को, किसी भी इंसान को इतनी गहराइयों से और इतनी बेफ़िक्री से हँसते हुए नहीं देखा था।

वह अनजाने में ही, बिना सोचे-समझे उसकी उस हँसी पर पूरी तरह से मोहित हो गई। उस एक लम्हे में मायरा को ऐसा महसूस हुआ मानो वह बरसों से, अपने जीवन के किसी सूने कोने में, किसी ऐसे ही इंसान के इंतज़ार में तड़प रही थी जो खोखले नियमों से परे हो।

मायरा वैसे तो खुद स्वभाव से बेहद खुशमिज़ाज और अंदर से हंसमुख लड़की थी। लेकिन उसके अपने परिवार का माहौल बिल्कुल इसके विपरीत था; उसके परिवार के जितने भी पुरुष थे–चाहे उसके ताऊ जी हों, मौसा जी हों या अन्य–उन सब का स्वभाव बेहद रूखा और गुस्सैल था। वे छोटी-छोटी बातों पर भड़क जाते, घर में चिल्लाने लगते या डांटने लगते थे। यही कारण था कि मायरा को बचपन से ही पुरुषों के इस रूखे, आक्रामक और तनावपूर्ण स्वभाव से हमेशा एक गहरी शिकायत सी रहती थी।

वह अक्सर खिड़की के पास बैठकर मन ही मन सोचा करती थी कि काश उसकी ज़िंदगी में, उसके भविष्य में कोई ऐसा इंसान आए जिसे मुस्कुराकर जीना आता हो, जो बड़ी से बड़ी मुसीबत के समय में भी अपने शांत मन से, एक प्यारी सी मुस्कान के साथ हर समस्या का हल निकाल सके।

शायद यही सबसे बड़ी वजह थी कि आज वह उस सांवले लड़के की, जिसका नाम नील था, उस बेफिक्र और रूहानी हँसी पर अपना सब कुछ, अपना वो अजेय दिल हार बैठी थी।

हालांकि, यह भी सच था कि उसे तथाकथित 'प्यार-मोहब्बत' की थ्योरीज़ पर कोई भरोसा नहीं था, और न ही कभी उसका अतीत में कोई क्रश या ब्रेकअप हुआ था। फिर भी, दिल के किसी बेहद अछूते और पवित्र कोने में वह हमेशा से चाहती थी कि उसके जीवन में कोई ऐसा ही हमसफ़र आए, जो उसके कदम से कदम मिलाकर चले और उसे अपनी ज़िंदगी में, अपने करियर में आगे बढ़ने के लिए हमेशा प्रेरित करे, न कि उसे अपनी बंदिशों में बांधे।

शादी की रस्में अगले चार दिनों तक लगातार चलती रहीं। इन चार दिनों में मायरा ने मानो अपने सारे नियम तोड़ दिए।

वह नील को देखने, उसकी हँसी सुनने का एक भी छोटा सा मौका अपने हाथ से जाने नहीं देना चाहती थी; वह बस किसी न किसी बहाने उसके आस-पास, उसकी वही चिरपरिचित हँसी सुनना चाहती थी।

नील मायरा की इस दीवानगी, इस एकतरफा खिंचाव से बिल्कुल बेख़बर, अपनी ही मस्ती में मस्त था।

हाँ, इन चार दिनों के दौरान भीड़ में एक-दो बार दोनों की नज़रें सीधे ज़रूर मिली थीं, नील ने उसे देखकर एक हल्की सी शिष्टाचार वाली मुस्कान भी दी थी, पर मायरा के भीतर इतनी हिम्मत, इतना साहस कभी इकट्ठा नहीं हो सका कि वह आगे बढ़कर खुद उससे बात कर सके या उसका नाम पूछ सके।

चार दिन का वो हसीन ख्वाब पलक झपकते ही खत्म हो गया। मायरा वापस चंडीगढ़ जाने के लिए गाड़ी में बैठ रही थी। गाड़ी का दरवाज़ा खुला था, सामान रखा जा चुका था, तब भी मायरा की व्याकुल आँखें भीड़ में सिर्फ और सिर्फ नील को ही ढूँढ रही थीं। उसने ऊपर देखा—नील छत की मुंडेर पर खड़ा अपने कुछ दोस्तों से बातें कर रहा था और हमेशा की तरह हवा में हाथ लहराकर ज़ोर-ज़ोर से ठहाके लगा रहा था।

मायरा का मन रो रहा था, वह उस जगह से, उस हँसी को छोड़कर जाना ही नहीं चाहती थी; वह उस बेफ़िक्र हँसी में ही अपनी पूरी दुनिया, अपना पूरा वजूद ढूँढ रही थी।

जैसे ही गाड़ी स्टार्ट हुई और आगे बढ़ी, मायरा अपनी सीट पर पीछे की तरफ मुड़कर खिड़की के कांच से लगातार नील को ही देखती रही, जब तक कि वह हवेली मोड़ के पीछे छिप नहीं गई।

उस वक़्त मायरा की आँखें नम थीं, आंसुओं की एक पतली लकीर उसके गाल पर थी और उसके मासूम मन में बस एक ही गहरी कसक, एक ही पछतावा था—वक्त रहते नील से बात न कर पाने का असहनीय अफ़सोस।

भाग 3: बालकनी की बातचीत और वो गुमनाम पैगाम

यादों का वो गहरा असर और पीहू का आना

रोहतक की उस शादी से चंडीगढ़ लौटे मायरा को पूरे दो महीने बीत चुके थे, लेकिन वक़्त का यह लंबा गुज़रना भी नील के ख्याल को उसके दिलो-दिमाग से धुंधला नहीं कर पाया था।

वह लाख कोशिश करती कि अपनी पुरानी दिनचर्या में लौट आए, डिज़ाइनिंग के स्केचेस पर ध्यान केंद्रित करे, लेकिन जैसे ही वह कोई रंग उठाती, उसे नील का वो सांवला सलोना चेहरा और उसकी वो बेबाक हँसी याद आ जाती थी।

अब मायरा ने अपनी उस गहरी चुप्पी को थोड़ा तोड़ने का फैसला किया। वह सीधे तो कुछ नहीं पूछ सकती थी, इसलिए उसने रोहतक में रहने वाली अपनी एक कज़न को बातों-बातों में फोन लगाया और इधर-उधर की घुमा-फिराकर बातें करते हुए आखिरकार नील का ज़िक्र छेड़ ही दिया।

बातों के उसी सिलसिले में जब उसकी कज़न ने सहजता से बताया कि नील की अभी तक शादी नहीं हुई है और वह फिलहाल कुँवारा है, तो यह सुनते ही मायरा के मुरझाए हुए चेहरे पर एक अद्भुत चमक दौड़ गई। उसका दिल जैसे खुशी के मारे हवा में तैरने लगा। वह मन ही मन नील के नाम के साथ अपनी एक छोटी सी, बेहद खूबसूरत और शांत दुनिया बसाने के रंगीन सपने संजोने लगी।

एक सुहानी शाम, जब आसमान में परिंदे अपने घोंसलों की तरफ लौट रहे थे, मायरा अपने फ्लैट की बालकनी में प्लास्टिक की कुर्सी डाले बैठी हुई थी। हवा में थोड़ी ठंडक थी और वह किन्हीं गहरे विचारों में पूरी तरह खोई हुई थी।

उसके गोरे गालों पर शाम की लालिमा के साथ-साथ एक अलग ही शर्मीली लाली और होठों पर एक बेहद प्यारी सी मुस्कान तैर रही थी।

तभी कमरे का पर्दा हटाकर वहाँ पीहू दाखिल हुई। पीहू, मायरा की बड़ी बहन थी और बड़ी होने के साथ-साथ वह मायरा की सबसे अच्छी, सच्ची और दोस्त भी थी। मायरा की ज़िंदगी की ऐसी कोई छोटी या बड़ी बात नहीं होती थी, जिसे वह पीहू के साथ साझा नहीं करती थी।

मायरा के चेहरे की उस बदली हुई रंगत को देखकर पीहू ने चौंकते हुए शरारत से पूछा, "क्या बात है मायरा मैडम?

आज चेहरे पर इतनी गहरी लाली और ये बिना वजह की मुस्कान कैसे छा रही है?"

मायरा ने पीहू को अचानक सामने देखा तो थोड़ा हड़बड़ा गई। उसने खुद को संभालते हुए पीहू का हाथ पकड़ा और उसे अपने पास ही पड़ी दूसरी कुर्सी पर बैठने का इशारा किया।

पीहू ने बैठते ही दोबारा उसकी आँखों में झाँकते हुए पूछा, "बताया नहीं तुमने, क्या खिचड़ी पक रही है मन में?"

“क्यों बताऊं पीहू?

असल में मैं खुद इन दिनों एक बहुत बड़ी दुविधा में हूँ।” मायरा ने एक ठंडी साँस भरते हुए कहा।

“दुविधा?

कैसी दुविधा?”

“बस यूँ समझ लो कि मेरा दिल कुछ और कहता है, और मेरा ये दिमाग कुछ और ही दलीलें देता है।”

"ओह! ऐसी क्या बात हो गई जो हमारी इतनी सुलझी हुई डिज़ाइनर साहिबा इतनी गहरी बातें करने लगीं?" पीहू ने उसकी बात को हल्के में लेना चाहा।

लेकिन मायरा को समझ ही नहीं आ रहा था कि वह इस बात की शुरुआत कहाँ से और किस शब्द से करे। आखिर प्यार-मोहब्बत और इन सब चीज़ों को लेकर उसका अपना रवैया हमेशा से ही थोड़ा नकारात्मक और कड़ा जो रहा था। आज वह खुद उसी जाल में फंसी महसूस कर रही थी।

उसके चेहरे के उड़ते और बदलते रंगों को पीहू ने बहुत ध्यान से ताड़ लिया, "तुम्हारे चेहरे के ये हाव-भाव साफ़ बता रहे हैं कि बात वाकई बहुत ख़ास और गहरी है।

अब ज़्यादा सस्पेंस मत बनाओ, बोल भी दे अब!"

"पीहू, सच कहूँ तो समझ नहीं आ रहा कि तुम्हें कैसे बताऊँ, तुम क्या सोचोगी मेरे बारे में?" मायरा ने अपनी नज़रें चुराते हुए बालकनी की ग्रिल की तरफ देखा।

"तुम इतना कब से सोचने लगी मायरा? जो भी दिल में होता है, हमेशा बिंदास और साफ़ बोल देती हो। आज अचानक तुम्हें क्या हो गया है जो ज़ुबान लड़खड़ा रही है?" पीहू ने उसके कंधे पर हाथ रखते हुए बेहद प्यार से पूछा।

मायरा के चेहरे के भाव अब पूरी तरह से गंभीर और भावुक हो चुके थे। वह समझ गई थी कि आज पीहू सच जाने बिना यहाँ से टलने वाली नहीं है।

पीहू ने बात को थोड़ा आगे बढ़ाते हुए कहा, "वैसे मैं काफी दिनों से एक बात नोट कर रही हूँ मायरा। जब से तुम रोहतक वाली शादी से लौटकर आई हो, तब से तुम काफी खोई-खोई और गुमसुम रहने लगी हो। रात-रात भर जागकर खिड़की से बाहर देखती रहती हो।

इतना भी क्या सोचना?

मुझे अपनी बहन समझकर बताओ आखिर बात क्या है!"

मायरा ने एक बहुत गहरी और लंबी साँस ली, मानो अपने भीतर के सारे संकोच को बाहर निकाल रही हो, "पीहू... उस शादी में तुमने उस लड़के को देखा था? जो हर वक़्त ज़ोर-ज़ोर से बेफ़िक्र होकर हँसता रहता था... जिसे जब भी देखो, उसके चेहरे पर एक बेहद प्यारी और सच्ची खिलखिलाहट होती थी।"

"अरे वो...! क्या नाम था उसका?

मैं थोड़ा भूल रही हूँ," पीहू अपने दिमाग पर ज़ोर डालते हुए याद करने की कोशिश करने लगी।

मायरा के होठों से बेहद धीरे से, जैसे एक पवित्र मंत्र की तरह निकला, "...नील।"

"हाँ, नील! याद आया। पर मुझे तो वो बड़ा अजीब और थोड़ा अल्हड़ किस्म का इंसान लगा था," पीहू ने तपाक से अपनी राय दी, "उसे देखकर दूर से भी ऐसा नहीं लगता कि वो कभी अपनी ज़िंदगी या करियर को लेकर रत्ती भर भी गंभीर होता होगा।"

पीहू ने चाय का कप टेबल पर रखते हुए कहा, "खैर छोड़ो, तुम अचानक आज दो महीने बाद उसका ज़िक्र क्यों कर रही हो?"

मायरा ने अपनी आँखें बंद कीं और एक ही साँस में अपने दिल का सबसे बड़ा राज़ उगल दिया– "पीहू, मुझे वो बहुत अच्छा लगा।"

"क्या? अच्छा लगा? तुम्हारा मतलब क्या है?" पीहू हैरान रह गई।

"मेरा मतलब... देखो न पीहू, वो कितना ज़िंदादिल और साफ़ दिल का इंसान है! जो शख्स खुद अपनी ज़िंदगी में इतना खुश रहता है, हर पल मुस्कुराता है, वो अपने आस-पास के लोगों और अपने परिवार को कितना खुश रखता होगा?

ऐसे सच्चे लोग आजकल के इस मतलबी दौर में मिलते कहाँ हैं पीहू? लोग तो बस हर वक़्त तनाव में जीते हैं, चिढ़ते हैं और बात-बात पर दूसरों पर अपनी भड़ास निकालते हैं। इसीलिए कह रही हूँ, नील बहुत अच्छा लड़का है। वो दिल का बिल्कुल साफ़ है।"

पीहू ने मायरा की आँखों में छिपी उस दीवानगी को देखा और धीरे से कहा, "हाँ, तुम्हारी ये बात तो सच है कि खुशमिज़ाज लोग कम ही मिलते हैं।"

तभी अचानक कमरे का दरवाज़ा खोलकर उनका भाई अंकुर हाथ में कुछ फाइल्स लिए बालकनी में दाखिल हुआ और मुस्कुराते हुए बोला, "क्या बातें पक रही हैं दोनों बहनों के बीच?"

मायरा ने तुरंत बात को संभालते हुए कहा, "कुछ नहीं भाई, बस तेरी बुराई कर रहे थे!"

"अच्छा! हाँ भाई, मैं हूँ ही इतना लाजवाब और हैंडसम कि लोग मेरे बिना एक पल भी रह ही नहीं पाते, हर वक़्त मेरी ही बातें होती हैं।" अंकुर ने कॉलर ऊँचा करते हुए कहा।

"हा हा हा..." अंकुर की इस मज़ाकिया बात पर तीनों भाई-बहन एक साथ खिलखिलाकर हँस पड़े और माहौल का वो भारीपन पल भर में हवा हो गया।

सोशल मीडिया की वो नटखट शरारत

अंकुर और पीहू के अपने-अपने कमरों में जाने के बाद भी मायरा के दिल की हलचल शांत नहीं हुई थी। अगले कुछ दिनों तक वह अपनी कॉलेज की लाइब्रेरी में बैठी पूरे मन से अपना नया इंटीरियर डिजाइनिंग प्रोजेक्ट तैयार कर रही थी।

वह स्वभाव से ऐसी थी कि जो भी काम अपने हाथ में लेती, उसे पूरी शिद्दत, ईमानदारी और बारीकी से निभाती थी; और डिजाइनिंग तो वैसे भी उसका सबसे

पसंदीदा क्षेत्र था। "कर्म ही पूजा है"—यही उसके जीवन का मूल मंत्र था जिसे वह हमेशा मानती थी।

तभी अचानक, स्केचिंग करते-करते उसके शांत मन में फिर से नील का ख्याल एक बिजली की तरह कौंध गया। तीन महीने से ज़्यादा का वक़्त बीत जाने के बाद भी वह उसकी उस हँसी को अपने कानों से निकाल नहीं पा रही थी।

उसने अपना फोन हाथ में लिया और उसकी स्क्रीन पर ध्यान से कुछ देखते ही उसके चेहरे पर एक गहरी, मंद मुस्कान तैर गई। दरअसल, नील का सोशल मीडिया प्रोफाइल तो उसने रोहतक से लौटते ही, तीन महीने पहले ही बड़ी मशक़्क़त से ढूंढ निकाला था। वह रोज़ चुपके से उसकी तस्वीरें और उसकी पोस्ट्स देखा करती थी, लेकिन कभी कोई लाइक या कमेंट नहीं करती थी।

आज अचानक उसके दिमाग में एक शरारत सूझी, जिससे उसके चेहरे पर एक नटखट और चुलबुली सी मुस्कान खिल उठी।

उसने सोचा कि क्यों न बिना अपनी पहचान बताए, नील से थोड़ी बात की जाए, देखा जाए कि वह अजनबियों से कैसे बात करता है।

उसने एक अनाम प्रोफाइल बनाई, जिस पर न तो उसकी कोई तस्वीर थी और न ही असली नाम।

उसने गहरी साँस ली, अपनी उँगलियों को कीपैड पर चलाया और नील के इनबॉक्स में अचानक एक छोटा सा मैसेज टाइप करके भेज दिया— "हेलो!"

उधर चंडीगढ़ के ही एक दूसरे सेक्टर के कमरे में बैठा नील अपनी पढ़ाई की किताबों में उलझा हुआ था।

जैसे ही उसका फोन वाइब्रेट हुआ, उसने स्क्रीन देखी। वह उस अनजान प्रोफाइल से बिल्कुल और पूरी तरह वाकिफ नहीं था।

उसने थोड़ी उत्सुकता और हैरानी से तुरंत रिप्लाई किया, "कौन हो आप?"

बस, फिर क्या था! मायरा को तो जैसे मौका मिल गया। सामने से तरह-तरह के घुमावदार सवालों, पहेलियों और मज़ाकिया जवाबों का एक लंबा सिलसिला शुरू हो गया। मायरा उसे लगातार अपनी बातों में उलझाती रही, लेकिन उसने नील के बार-बार पूछने और मिन्नतें करने के बावजूद भी उस रहस्यमयी प्रोफाइल का असली नाम और पहचान सामने नहीं आने दी।

शुरू में तो नील को यह सब एक मज़ाक लगा और उसने भी मजे लिए, लेकिन अनजाने में ही सही, धीरे-धीरे दोनों के बीच की वो बहस और शब्दों का तालमेल काफी बढ़ चुका था। नील अब धीरे-धीरे परेशान और चिढ़ने लगा था कि कोई उसे इस तरह बिना वजह क्यों परेशान कर रहा है।

नील के उस रूखे और परेशान लहजे को देखकर मायरा को भी अचानक अपने इस बचकाने बर्ताव पर गहरा पछतावा और ग्लानि होने लगी। उसे लगा कि उसने मज़ाक-मज़ाक में नील का वक़्त बर्बाद किया है और उसे मानसिक रूप से परेशान किया है।

आखिरकार, अपनी गलती को सुधारने के लिए उसने इनबॉक्स में एक छोटा सा, साफ़ दिल से लिखा हुआ "सॉरी" भेजा। और इससे पहले कि नील उस सॉरी का कोई जवाब दे पाता या कुछ और पूछ पाता, मायरा ने भारी मन से अपनी वह फेक सोशल मीडिया प्रोफाइल हमेशा-हमेशा के लिए डिलीट कर दी।

वह उदास होकर बेड पर लेट गई और सोचने लगी कि शायद अब नील से उसका यह आखिरी और कमजोर धागा भी हमेशा के लिए टूट चुका है|

भाग 4: रॉक गार्डन की वो अप्रत्याशित मुलाक़ात और नाम का दर्द

रॉक गार्डन की छांव और वो चिरपरिचित गूँज

सोशल मीडिया की उस बचकानी शरारत और प्रोफाइल डिलीट करने की घटना को कुछ हफ्ते बीत चुके थे। मायरा का मन अपनी उस हरकत के बाद थोड़ा उदास और भारी रहने लगा था।

एक दोपहर, कॉलेज के प्रोजेक्ट्स के भारी तनाव और मानसिक थकान से थोड़ी राहत पाने के उद्देश्य से, मायरा अकेले ही चंडीगढ़ के प्रसिद्ध 'रॉक गार्डन' में घूमने के लिए चली गई।

रॉक गार्डन की कलात्मक दीवारों, टूटी हुई चूड़ियों और पत्थरों से बनी अनूठी आकृतियों के बीच टहलते हुए वह ठंडी हवा के झोंकों को महसूस कर रही थी। वहाँ पर्यटकों की अच्छी-खासी भीड़ थी, लोग तस्वीरें खिंचवा रहे थे, पर मायरा अपने ही ख्यालों के एक शांत टापू पर अकेली चल रही थी।

तभी... अचानक उस भीड़ के शोर को चीरती हुई वही जानी-पहचानी, दिल खोलकर हँसने की बेबाक आवाज़ उसके कानों में दोबारा गूँज उठी!

मायरा के कदम जहाँ थे, वहीं जम गए। उसका दिल एक पल के लिए धड़कना भूल गया। उसने तुरंत अपने सिर को झटका दिया और खुद को संभाला, "नहीं मायरा, यह सिर्फ और सिर्फ तुम्हारा वहम है। रोहतक की शादी के बाद तुम सच में उसके पीछे पूरी तरह से बावली हो गई हो," उसने बेहद धीमी आवाज़ में खुद से ही बुदबुदाया और अपनी आँखें बंद कर लीं।

पर नियति को आज उसका वहम दूर करना ही था। तभी वही गूँजती हुई, खिलखिलाती आवाज़ दोबारा उसके कानों में और भी ज़्यादा साफ़ और नज़दीक से सुनाई दी। इस बार उसने बिना एक पल की भी देरी किए, झटके से पीछे मुड़कर देखा।

सामने का नज़ारा देखकर उसके पैरों तले ज़मीन खिसक गई—वहाँ साक्षात नील खड़ा था! वही सांवली सूरत, वही आँखों की चिरपरिचित चमक।

मायरा की आँखें फटी की फटी रह गईं, उसके दिल की धड़कनें किसी एक्सप्रेस ट्रेन की तरह भागने लगीं और उसके पूरे उदास चेहरे पर एक बहुत बड़ी, स्वाभाविक और सच्ची मुस्कान तैर गई॰

तभी नील ने भी घूमते हुए अचानक उसकी तरफ देखा। उसका चेहरा नील के लिए पूरी तरह अजनबी नहीं था; उसने अपनी याददाश्त पर थोड़ा ज़ोर डाला और मायरा के पास आते हुए बेहद उत्सुकता से पूछा, "अरे! आप... आप वही हैं ना, जो रोहतक वाली शादी में आई थीं?"

"हाँ..." मायरा के मुँह से बेहद मुश्किल से, कांपती हुई आवाज़ में सिर्फ इतना ही निकल सका।

"पर आप... आप यहाँ चंडीगढ़ में कैसे?" नील ने अपनी भौहें सिकोड़ते हुए बड़ी उत्सुकता से पूछा।

“मैं... मैं अक्सर यहाँ घूमने आया करती हूँ। वैसे, क्या आप भी चंडीगढ़ में ही रहते हैं?” मायरा ने अचानक नील को इस तरह अपने सामने खड़ा देखकर बुरी तरह हड़बड़ाते हुए जवाब दिया। असहजता और अत्यधिक घबराहट के मारे उसकी ज़ुबान लड़खड़ाने लगी थी, उसे समझ ही नहीं आ रहा था कि वह क्या बोल रही है।

अपने बढ़ते हुए मानसिक तनाव को किसी तरह संभालते हुए वह दोबारा बोली, “मेरा मतलब... मेरी पूरी फैमिली तो अहमदाबाद में रहती है। मैं यहाँ चंडीगढ़ में अपनी बड़ी दीदी (पीहू) और भाई (अंकुर) के साथ रहकर पढ़ाई करती हूँ।“ फिर उसने अपने दिल की बेताबी को छुपाते हुए नील से पूछा, “वैसे, आप यहाँ चंडीगढ़ में कैसे?”

नील ने अपने बालों में हाथ फेरते हुए हमेशा की तरह मुस्कुराकर जवाब दिया, “मैं भी कुछ ही दिन पहले यहाँ आया हूँ।“

“अच्छा! तो क्या आप यहाँ कोई जॉब करते हैं?” मायरा ने पूछा।

“अरे नहीं यार! फिलहाल तो नौकरी की तलाश में यहाँ भटक रहा हूँ,” नील ने ज़ोर से ठहाका मारकर हँसते हुए बोला, “पर जिस तरह के हालात हैं, मुझे तो लगता है कि जॉब ढूंढते-ढूंढते ही मैं एक दिन बूढ़ा हो जाऊँगा! और भाई, बिना नौकरी और सेटल हुए तो आज के इस ज़माने में कोई लड़की मुझसे शादी भी नहीं करेगी!”

उसकी इस बेहद बेबाक, साफ़ और मज़ाकिया बात पर मायरा भी अपनी तमाम घबराहट भूलकर मुस्कुराए बिना नहीं रह सकी।

दोनों के बीच का वो अजनबीपन धीरे-धीरे पिघल ही रहा था कि तभी अचानक नील की पैंट की जेब में रखा फोन ज़ोर-ज़ोर से बज उठा।

उसने मुस्कुराते हुए फोन निकाला, स्क्रीन देखी और थोड़ा गंभीर होकर मायरा से कहा, "अच्छा ठीक है यार, बाय! अब मुझे एक ज़रूरी काम से तुरंत निकलना होगा।

पर चलो, अच्छा हुआ तुम मिल गईं, अब तो इस शहर में हमारी मुलाकातें होती ही रहेंगी।"

साक्षात भगवान की कृपा और पीहू के सामने कबूलनामा

रॉक गार्डन से सीधे अपने फ्लैट पर पहुँचते ही मायरा ने ज़ोर से दरवाज़ा खोला, "पीहू... पीहू! कहाँ हो तुम?" वह बुरी तरह हाँफती और पागलों की तरह खिलखिलाती हुई सीधे पीहू के कमरे में दाखिल हुई।

पीहू जो बेड पर बैठी कोई उपन्यास पढ़ रही थी, मायरा की यह हालत देखकर चौंक गई, "अरे क्या हुआ मायरा? आज अचानक आसमान सिर पर क्यूँ उठा रखा है तुमने?

सब ठीक तो है?"

"पीहू! तुम्हें अंदाज़ा भी नहीं है कि आज मेरे साथ क्या हुआ है! साक्षात भगवान की असीम कृपा बरस गई है आज मुझपर।

हमारा वो रोहतक में मिलना महज़ कोई इत्तफाक नहीं था पीहू, ये भगवान का सीधे-सीधे मेरी तरफ एक बहुत बड़ा इशारा है!" मायरा ने अपनी छाती पर हाथ रखते हुए कहा।

पीहू ने अपनी किताब बंद करके साइड में रखी और संजीदगी से पूछा, "साफ़-साफ़ कहो मायरा, क्या गोल-गोल बातें घुमा रही हो?

आखिर किससे मिलना हो गया तुम्हारा?"

"आज... वो मुझे मिल गया पीहू!" मायरा की आँखें इस कदर चमक उठीं मानो उनमें सारे सितारे उतर आए हों।

"वो कौन?"

"नील!"

यह नाम सुनते ही पीहू की आँखें फटी की फटी रह गईं, "क्या? नील? वो लड़का तुम्हें इस इतने बड़े चंडीगढ़ शहर में कहाँ मिल गया?"

"उसी रॉक गार्डन में, जहाँ मैं घूमने गई थी! सिर्फ़ मिला ही नहीं पीहू, उसने खुद आगे बढ़कर मुझसे बात भी की। वो मुझे पहले से जानता है, उसे याद है कि मैं शादी में आई थी!" मायरा ने चहकते हुए कहा।

पीहू ने छोटी बहन के इस पागलपन को संभालते हुए शांत लहजे में कहा, "चलो, अच्छी बात है कि वो मिल गया और तुम्हारी गलतफ़हमी दूर हो गई। पर इसमें इतना पागल और क्रेजी होने जैसी क्या बात है?"

"ये पागलपन नहीं है पीहू, ये मेरे दिल की असीम ख़ुशी है! तुम अभी मेरी इस फीलिंग को नहीं समझोगी," मायरा ने कमरे में गोल घूमते हुए कहा, "ओह माय गॉड! इसका मतलब अब हमारी बात आगे बढ़ सकती है।

मैं आज खुद को इस पूरी दुनिया की सबसे खुशकिस्मत और स्पेशल लड़की महसूस कर रही हूँ!"

उत्साह और भावनाओं के इस भारी अतिरेक में आकर मायरा ने पीहू के सामने अपने दिल के सारे राज़, सारी तड़प एक ही सांस में उगल दी।

पीहू ने शरारत से अपनी आँखें सिकोड़ीं, "ओह! तो इसका मतलब है कि बात आगे बन सकती है!"

"अच्छा बच्चू! मुझसे इतनी बड़ी बात इतने दिनों से छुपा कर रखी थी? तुम सच में उसे दिल से पसंद करती हो ना?" पीहू ने सीधे मुद्दे पर आते हुए पूछा।

मायरा ने अपनी नज़रें झुका लीं, "पसंद का तो मुझे ठीक से पता नहीं पीहू, पर मुझे वो इंसान स्वभाव से बहुत, बहुत अच्छा लगा। तुम खुद सोचो, अगर ऐसा ज़िंदादिल इंसान किसी की ज़िंदगी का हमसफर बन जाए, तो उसकी पूरी ज़िंदगी कितनी खुशहाल और हसीन हो जाएगी! वैसे भी, अगर ज़िंदगी का हमसफर अच्छा और समझदार हो, तो रास्ते की हर मुश्किल आधी अपने आप हो जाती है। बस... सिर्फ इसीलिए वो मुझे बहुत अच्छा लगा।"

फिर उसने पीहू का हाथ पकड़कर बच्चों की तरह पूछा, "बताओ ना पीहू, क्या तुम्हें लगता है कि हमारी बात बन सकती है?"

"अरे भाई! ये मैं ज्योतिषी थोड़ी हूँ जो अभी से बता दूँ? तुम जाओ अभी यहाँ से, मुझे बहुत सारा काम है।" पीहू ने उसे मज़ाक में डांटते हुए कमरे से बाहर निकाला।

मायरा अपने दिल में ढेरों मीठे सवाल और अरमान लिए वहाँ से चली जाती है। उसके चेहरे पर एक अजीब सी, रूहानी खुशी थी–खुशी इस बात की कि अगर भगवान ने खुद आगे बढ़कर उसे नील से दोबारा मिलवाया है, तो यकीनन उनकी तक़दीर के पन्नों में आगे कुछ और भी खूबसूरत और पावन लिखा होगा।

मार्केट की वो मुलाक़ात और नाम का तीखा दर्द

इस मुलाक़ात के कुछ ही दिनों बाद, मायरा वीकेंड पर अपने इंटीरियर डिज़ाइनिंग प्रोजेक्ट का कुछ ज़रूरी सामान, स्केचिंग शीट्स और कलर्स खरीदने के लिए सेक्टर की मुख्य मार्केट में आई थी। वह एक बड़ी सी स्टेशनरी की

दुकान पर खड़ी कुछ ब्रश देख रही थी, तभी अचानक उसके ठीक पीछे से एक बेहद जानी-पहचानी, भारी और सुरीली आवाज़ गूंजी– "हैलो मिस!"

मायरा ने जैसे ही मुड़कर देखा, तो उसके सामने नील खड़ा मुस्कुरा रहा था। नील को इस तरह अचानक दोबारा अपने सामने पाकर मायरा के चेहरे पर भी एक बेहद स्वाभाविक और खिली हुई मुस्कान तैर गई और उसने अपनी धड़कनों को संभालते हुए धीरे से कहा, "हाय!"

"मैं यहाँ पास की दुकान पर कुछ कॉम्पिटिटिव एग्जाम्स की किताबें लेने आया था। आप यहाँ कैसे?" नील ने बेहद सहजता और दोस्ताना अंदाज़ में पूछा।

"बस, मैं भी अपने कॉलेज के नए डिज़ाइनिंग प्रोजेक्ट का कुछ सामान और कलर्स लेने आई हूँ," मायरा ने अपनी सादगी से जवाब दिया।

तभी नील ने अपनी आँखें थोड़ी सिकोड़ीं और बिल्कुल अनभिज्ञ, अनजान होकर पूछा, "वैसे... आपका नाम क्या है? मैं उस दिन भी पूछना भूल गया था।"

यह छोटा सा सवाल सुनते ही मायरा जैसे अपनी जगह पर पूरी तरह जड़ हो गई। ऐसा लगा मानो उसके पैरों तले से किसी ने पूरी ज़मीन ही बेरहमी से खिसका दी हो।

जिस इंसान के बारे में वह पिछले तीन-चार महीनों से दिन-रात सोच रही थी, जिसके हँसने का अंदाज़, जिसकी आँखें, जिसके जीवन का एक-एक छोटा सा सच वह इधर-उधर से पता करके अपनी उँगलियों पर रट चुकी थी, उस इंसान को आज भी उसका नाम तक नहीं पता था!

उसके दिल के किसी बेहद नाज़ुक हिस्से में एक बहुत तीखी, गहरी सी टीस उठी। वह भीतर ही भीतर रोते हुए सोचने लगी–'हम पूरे चार दिनों तक रोहतक की उस शादी में एक ही छत के नीचे साथ थे, क्या उसने वहाँ भीड़ में एक बार

भी मेरा नाम नहीं सुना था? और मैं यहाँ न जाने क्या-क्या सपने बुन रही थी, उसे अपनी पूरी ज़िंदगी मान बैठी थी!'

अपनी आँखों में आने वाले आँसू और अपनी बिखरती हुई भावनाओं को किसी तरह समेटते हुए, उसने बेहद भारी और दबी हुई आवाज़ में कहा, "मायरा... मेरा नाम मायरा है।"

"ओह! मायरा... पहली बार सुना है यह नाम। सच में काफी खूबसूरत और यूनिक नाम है," नील ने बिना किसी कपट के बेहद प्यारी मुस्कान के साथ कहा।

पर नील क्या जानता था कि उसके इस अनजानेपन की वजह से मायरा का वो मासूम, कांच जैसा दिल भीतर से पूरी तरह टूटकर बिखर चुका था|

भाग 5: सोशल मीडिया का सफ़र और वो गहरा होता रिश्ता

नाम के दर्द से दोस्ती की शुरुआत तक

मार्केट की उस मुलाक़ात में जब नील ने मायरा का नाम पहली बार सुना और उसकी तारीफ़ की, तो भले ही मायरा का दिल इस बात से थोड़ा टूटा था कि नील उसे पहले से उतना याद नहीं रखता था, लेकिन उस मुलाक़ात ने उनके बीच की झिझक की दीवार को पूरी तरह गिरा दिया था।

घर पहुँचते ही मायरा ने एक बड़ा फैसला किया। उसने अपनी उसी असली सोशल मीडिया प्रोफाइल के ज़रिए, जिसे वह अब तक नील से छुपाती आ रही थी, नील को एक सीधा और सरल सा मैसेज भेजा।

नील ने भी जैसे ही नोटिफिकेशन में 'मायरा' नाम देखा, उसने बिना एक पल की देरी किए तुरंत रिप्लाई किया। बस, उसी शाम से दोनों के बीच टेक्स्ट मैसेजेस और बातों का एक ऐसा अंतहीन सिलसिला चल पड़ा, जिसने वक़्त के पहिये को जैसे पंख लगा दिए।

देखते ही देखते, हफ़्तों के भीतर वे दोनों एक-दूसरे के बेहद गहरे और पक्के दोस्त बन गए।

मायरा का मूल स्वभाव कभी ऐसा नहीं रहा था; वह अमूमन लड़कों से दूरी बनाकर रखती थी और कॉलेज में भी किसी अजनबी के साथ इतनी जल्दी घुलती-मिलती नहीं थी। यहाँ तक कि खुद अपनी सगी बहन पीहू के साथ भी अपने दिल की हर बात साझा करने और पूरी तरह सहज होने में उसे बचपन में सालों लग गए थे। मगर नील का व्यक्तित्व कुछ ऐसा था, उसकी बातों में एक

ऐसा जादू और अपनापन था कि मायरा उसके सामने आते ही मोम की तरह पिघल जाती थी और अपने सारे संकोच भूल जाती थी।

अब नील और मायरा अक्सर चंडीगढ़ के अलग-अलग कोनों में, कभी सुखना लेक पर तो कभी सेक्टर्स के छोटे-छोटे पार्कों में मिलने लगे थे।

धीरे-धीरे यह दोस्ती इतनी आगे बढ़ी कि नील की मुलाक़ात मायरा की बड़ी बहन पीहू और उसके भाई अंकुर से भी होने लगी।

नील का दोस्ताना, हंसमुख और जिंदादिल मिज़ाज ऐसा था कि वह बहुत जल्द मायरा के साथ-साथ पीहू का भी एक बेहतरीन और मुकम्मल दोस्त बन गया।

जब कभी उन भाई-बहनों के फ्लैट पर मज़ाक-मस्ती, हाज़िरजवाबी या टांग खींचने की बातें आतीं, तो नील और पीहू दोनों ही एक-दूसरे को कड़ा मुकाबला देते थे और पूरा घर ठहाकों से गूँज उठता था।

मायरा बस कोने में बैठी नील को देखती रहती और सोचती कि उसकी ज़िंदगी में आया यह लड़का सचमुच पूरे परिवार की खुशियों की वजह बनता जा रहा है।

बदले हुए मिज़ाज का वो लंच और नीली ड्रेस का जादू

एक दोपहर, नील ने मायरा को शहर के एक बेहद शांत और प्रसिद्ध रेस्टोरेंट में लंच के लिए बुलाया था। उस दिन सुबह से ही चंडीगढ़ के मौसम का मिजाज भी कुछ बदला-बदला सा था; आसमान में काले बादलों का डेरा था और ठंडी हवाओं के साथ हल्की-हल्की फुहारें बरस रही थीं।

नील रेस्टोरेंट की खिड़की के पास वाली टेबल पर बैठा बेसब्री से हाथ में घड़ी थामे मायरा का इंतजार कर रहा था।

तभी रेस्टोरेंट के कांच के दरवाज़े से नील की नजर मायरा पर पड़ी। गहरे नीले रंग की खूबसूरत ड्रेस पहने, कंधों पर लहराते लंबे खुले बालों और अपनी उन बड़ी, प्यारी आँखों में एक हल्की सी चमक लिए मायरा, आसमान से गिरती रिमझिम फुहारों के बीच जैसे झूमती और बलखाती हुई अंदर आ रही थी। मायरा पर सादगी इस कदर जचती थी कि बिना किसी भारी मेकअप या तड़क-भड़क के भी वह उस नीले लिबास में बला की खूबसूरत और किसी अप्सरा जैसी लग रही थी।

"वाह जनाब! मेरी पूरी ज़िंदगी में पहली बार ऐसा हो रहा है कि कोई लड़का इतनी शिद्दत से किसी लड़की का रास्ता रोककर इंतजार कर रहा है।

आज सूरज किधर से निकला है जो आप वक़्त से इतनी जल्दी आ गए?" मायरा ने अपनी भीगी हुई छतरी को साइड में रखते हुए हंसते हुए पूछा।

"अरे मैडम! बात जब आपके साथ लंच करने की हो, तो भला दुनिया का कोई भी खुशकिस्मत लड़का जल्दी कैसे न आए!" नील ने उसकी आँखों में देखते हुए बेहद नटखट अंदाज़ में मुस्कुराकर जवाब दिया。

"हा... हा... हा..." मायरा उसकी इस हाज़िरजवाबी पर अपनी चिरपरिचित आवाज़ में खिलखिला कर हंस पड़ी। उसने बाहर खिड़की के कांच पर गिरती बूंदों को देखा और कहा, "आज मौसम कितना हसीन और रुमानी है ना?"

"हाँ, बिल्कुल तुम्हारी तरह... उतना ही शांत और उतना ही खूबसूरत!" नील ने सीधे उसकी आँखों की गहराइयों में झाँकते हुए कहा।

मायरा के गालों पर तुरंत एक शर्मीली लाली दौड़ गई, उसने अपनी नज़रें झुकाईं और बनावटी गुस्से से कहा, "प्लीज नील! मुझसे तो इस तरह फ्लर्ट मत किया करो, मैं आपकी बातों में नहीं आने वाली।"

नील हमेशा की तरह ज़ोर से हंसते हुए बात को मज़ाक में टाल देता है और दोनों मीनू कार्ड देखकर अंदर खाना ऑर्डर कर देते हैं।

मेज पर पिघलती आइसक्रीम और वो अधूरा इज़हार

खाना टेबल पर आ चुका था, दोनों बातें कर रहे थे, लेकिन आज नील के हाव-भाव और उसका लहजा रोज़ जैसा नहीं था। वह हमेशा की तरह बहुत ज़्यादा मज़ाक नहीं कर रहा था।

गंभीर तो वह खैर नहीं था, पर उसके चेहरे पर एक अजीब सी कशमकश, बेचैनी और कोई गहरी उलझन साफ़ तैर रही थी। बातों-बातों में वक़्त तेज़ी से बीता और अंत में मायरा ने मीठे में अपनी पसंदीदा वैनिला आइसक्रीम ऑर्डर की।

जैसे ही वेंडर आइसक्रीम की कटोरी टेबल पर रखकर गया, अचानक नील ने अपनी चम्मच साइड में रखी, थोड़ा आगे झुका और मायरा की तरफ़ देखते हुए बेहद संजीदगी से कहा, "मायरा... मुझे तुमसे कुछ बहुत ज़रूरी बात कहनी है।"

"हाँ, कहो न नील। मैं सुन रही हूँ, इतनी भूमिका क्यों बना रहे हो?" मायरा ने आइसक्रीम का एक चम्मच मुँह में रखते हुए सहजता से कहा।

"तुम... तुम मुझे बहुत अच्छी लगती हो, मायरा।" नील की आवाज़ में एक अजीब सा कंपन था।

मायरा उसकी बात का असल मतलब समझे बिना खिलखिला कर हंस पड़ी, "हाँ, मुझे बहुत अच्छे से पता है! मैं हूँ ही इतनी प्यारी, चुलबुली और क्यूट कि कोई भी मुझसे नफ़रत नहीं कर सकता... हाहा!"

लेकिन नील के चेहरे पर कोई हँसी नहीं आई। उसने बेहद संजीदगी, गहराई और अपने दिल की पूरी शिद्दत को अपनी आँखों में समेटकर कहा, "मायरा, मेरा वो मतलब बिल्कुल नहीं था जो तुम समझ रही हो।"

"तो... तो फिर तुम्हारा क्या मतलब है?" मायरा ने नील का ऐसा गंभीर चेहरा अपनी ज़िंदगी में पहली बार देखा था, उसने चौंककर और डरकर पूछा।

"मैं तुम्हें पसंद करता हूँ मायरा... एक आम दोस्त से कहीं बढ़कर। मैं तुम्हें अपनी ज़िंदगी का हमसफ़र बनाना चाहता हूँ।"

यह साफ़ और सीधा शब्द सुनते ही मायरा जैसे अपनी जगह पर पूरी तरह सन्न रह गई। उसका दिमाग काम करना बंद कर चुका था, कानों में एक अजीब सा सन्नाटा पसर गया। उसे समझ ही नहीं आया कि वह इस अचानक आए भूचाल पर क्या प्रतिक्रिया दे, क्या कहे। इसी बीच वेटर टेबल पर बिल रखकर चला गया।

मायरा के दिलो-दिमाग में एक भयानक अजीब सी उलझन, पुराना संकोच और एक अनजानी सी घबराहट होने लगी। प्यार और लड़कों को लेकर उसके जो पुराने कड़े नियम थे, वे उसके सामने एक दीवार बनकर खड़े हो गए।

अपनी इस अप्रत्याशित भावना और घबराहट को न संभाल पाने के कारण, वह अचानक बिना कुछ बोले, गुस्से और हड़बड़ाहट में अपनी सीट से उठी, अपना बैग उठाया और नील को उसी टेबल पर छोड़कर तेज़ी से रेस्टोरेंट से बाहर भाग गई।

नील बस खामोशी से उसे बारिश में जाते हुए देखता रह गया। वह काफी देर तक रेस्टोरेंट की उस पीली रोशनी में बिल्कुल अकेला, सूना बैठा रहा–उसका मासूम और सच्चा दिल मेज पर रखी उस वैनिला आइसक्रीम की तरह, धीरे-धीरे पिघलकर अपना वजूद खो रहा था...

भाग 6: उलझनें, पीहू की सीख और रॉक गार्डन का वो महकता सवेरा

बारिश की बूंदें और मन की कशमकश

रेस्टोरेंट से भागकर मायरा जब अपने फ्लैट पर पहुँची, तो वह पूरी तरह भीग चुकी थी। बाहर की बारिश उसके कपड़ों को भिगो रही थी, तो भीतर की घबराहट उसकी रूह को कँपा रही थी।

वह सीधे अपने कमरे में गई और दरवाज़ा बंद करके बेड पर बैठ गई। उसका दिल इतनी तेज़ी से धड़क रहा था मानो अभी सीने से बाहर आ जाएगा।

वह जिस बात से पूरी ज़िंदगी भागती रही, जिसे वह फिजूल और वक़्त की बर्बादी समझती थी, आज उसी जज़्बात ने उसे पूरी तरह घेर लिया था। वह नील को पागलों की तरह चाहती थी, उसकी हँसी पर अपनी दुनिया वार बैठी थी, लेकिन जब नील ने खुद आगे बढ़कर वही बात कही, तो मायरा का पुराना डर, उसका संकोच और लड़कों के प्रति उसका कड़ा दृष्टिकोण आड़े आ गया। वह इस बात को स्वीकार करने से डर रही थी कि वह भी किसी से इतना गहरा प्यार कर सकती है।

शाम को जब पीहू उसके कमरे में चाय लेकर आई, तो उसने मायरा की लाल आँखें और सूजा हुआ चेहरा देखकर तुरंत भांप लिया कि कुछ बहुत बड़ा हुआ है।

पीहू ने चाय का कप मेज पर रखा और मायरा के पास बैठकर उसका हाथ अपने हाथों में ले लिया, "मायरा... क्या हुआ है? तुम लंच पर नील से मिलने गई थी ना? फिर ये आँसू और ये हालत क्यों?"

मायरा ने पीहू को देखते ही उसे गले से लगा लिया और सिसकते हुए बोली, “पीहू... नील ने आज मुझसे अपने दिल की बात कह दी। उसने कहा कि वह मुझे पसंद करता है और मुझे अपनी ज़िंदगी का हमसफ़र बनाना चाहता है।“

पीहू ने मुस्कुराते हुए उसके आँसू पोंछे, “तो इसमें रोने वाली क्या बात है पगली? यह तो तुम्हारे लिए दुनिया की सबसे बड़ी खुशखबरी होनी चाहिए। तुम भी तो उसे रोहतक की शादी के बाद से ही पसंद करती हो।“

“नहीं पीहू, मैं डर गई,” मायरा ने अपनी आँखें झुका लीं, “तुम्हें पता है ना कि मैं इन सब रिश्तों, वादों और प्यार-मोहब्बत को लेकर कितनी संशयी रही हूँ। मुझे लगा कि अगर यह सब सिर्फ एक भटकाव हुआ तो?

अगर नील भी बाकी लड़कों जैसा निकला तो?

मैं अपनी पढ़ाई, अपने करियर और अपने आदर्शों को दांव पर नहीं लगाना चाहती। इसी घबराहट में, मैं उसे बिना कुछ बोले रेस्टोरेंट में अकेला छोड़कर भाग आई।“

पीहू ने एक गहरी और समझदारी भरी साँस ली, “मायरा, तुम्हारी यही सबसे बड़ी समस्या है। तुम हर इंसान को एक ही चश्मे से देखती हो। हमारे घर के पुरुषों का स्वभाव रूखा रहा, इसका मतलब यह नहीं कि दुनिया का हर लड़का वैसा ही होगा।

और नील... नील को तो तुम खुद जानती हो। वह कितना साफ़ दिल, ज़िंदादिल और सुलझा हुआ इंसान है। उसने तुम्हारे करियर को हमेशा सराहा है, तुम्हें आगे बढ़ने की प्रेरणा दी है।

सच्चा प्यार कभी तुम्हारे सपनों का दुश्मन नहीं बनता मायरा, बल्कि वह तो तुम्हारी ताकत बनता है। अपनी इस बेतुकी घबराहट और झूठे आदर्शों के

चक्कर में एक सच्चे इंसान को अपने हाथ से मत जाने दो। कल को सिर्फ़ पछतावा हाथ लगेगा।"

पीहू की इस गहरी और संजीदा बात ने मायरा के दिमाग के बंद कपाट खोल दिए। उसे अहसास हुआ कि उसने अनजाने में नील के सच्चे जज़्बात का मज़ाक उड़ाया था और उसे कितनी गहरी चोट पहुँचाई थी। उसने तय किया कि वह अपनी इस गलती को सुधारेगी।

रॉक गार्डन का वो सवेरा और फूलों का पैच-अप

अगली सुबह, चंडीगढ़ का आसमान बिल्कुल साफ़ था। रात भर हुई बारिश के बाद पेड़ों के पत्ते और भी हरे और चमकदार लग रहे थे।

मायरा ने सुबह-सुबह नील को मैसेज करके उसी रॉक गार्डन में मिलने के लिए बुलाया, जहाँ उनकी पहली मुकम्मल मुलाक़ात हुई थी।

मायरा नियत समय से पंद्रह मिनट पहले ही पहुँच गई थी। उसके हाथ में सफेद और पीले लिली के फूलों का एक बेहद खूबसूरत और महकता हुआ गुलदस्ता था। वह बेचैनी से अपनी उँगलियों को आपस में मरोड़ती हुई नील का इंतज़ार कर रही थी।

तभी सामने के मोड़ से नील आता हुआ दिखाई दिया। आज उसके चेहरे पर वो पुरानी बेफ़िक्र हँसी नहीं थी। उसकी आँखें थोड़ी थकी हुई थीं और कदमों में हमेशा रहने वाली वो फुर्ती गायब थी। कल रेस्टोरेंट की घटना ने उसे अंदर तक हिलाकर रख दिया था।

नील को अपने सामने देखकर मायरा के सब्र का बांध टूट गया। वह बिना एक पल गंवाए आगे बढ़ी और गुलदस्ता नील की तरफ बढ़ाते हुए बेहद नम आँखों से बोली, "आई एम सो सॉरी नील... कल के लिए मुझे माफ़ कर दो।"

नील ने एक पल के लिए उस गुलदस्ते को देखा, फिर मायरा के रोते हुए चेहरे को। उसके दिल का सारा कड़ापन पल भर में पिघल गया। उसने एक हल्की सी, उदास मुस्कान के साथ गुलदस्ता थाम लिया, "तुम्हें माफ़ी माँगने की ज़रूरत नहीं है मायरा। मैं समझ सकता हूँ कि शायद मैंने ही थोड़ी जल्दबाज़ी कर दी थी। अगर तुम सहज नहीं हो, तो हम इस बात को यहीं भूल सकते हैं। मैं नहीं चाहता कि मेरी वजह से हमारी दोस्ती में कोई खटास आए।"

"नहीं नील, आप गलत समझ रहे हो!" "मुझे आप बहुत अच्छे लगते हैं। क्या हम फिलहाल एक अच्छे दोस्त की तरह शुरुआत कर सकते हैं?"

अपनी बात पूरी कर मायरा ने एक लंबी, राहत की सांस ली।

मायरा की इस मासूमियत पर नील अपनी हँसी रोक न पाया और ज़ोर से ठहाका मारकर हँस पड़ा। मायरा की चुलबुली बातों ने उसका दिल खुश कर दिया था।

उसने शरारत से मुस्कुराते हुए कहा, "वैसे मायरा, क्या कहा तुमने? मुझे ठीक से सुनाई नहीं दिया, ज़रा फिर से कहना।" नील जानबूझकर उसे छेड़ रहा था।

मायरा भी कहाँ कम थी! उसने भी तुरंत मज़ाकिया अंदाज़ में मुँह बनाते हुए कहा, "मुझे आप बिल्कुल अच्छे नहीं लगते!"

वह पल उन दोनों की ज़िंदगी का सबसे हसीन और मुकम्मल लम्हा था। हवाओं में फूलों की खुशबू और बादलों की ठंडी नमी बिखरी हुई थी, मानो पूरी कायनात उनकी इस अधूरी कहानी के पूरा होने का जश्न मना रही हो।

भाग 7: हसीन साल

प्रेम का नव-अवतार

नील के प्रेम का रंग मायरा के मन-मयूर पर इस कदर गहरा चढ़ा था कि अब उसकी सखियाँ भी उसे देखकर दंग रह जाती थीं।

वह दिन भर किसी खिली हुई कली की तरह महकती और मुस्कुराती रहती थी। मायरा पूरी तरह से बदल चुकी थी—यूँ तो वह पहले भी एक बेहद गंभीर, समझदार और सुलझी हुई लड़की थी, पर नील के आने के बाद उसके व्यक्तित्व में एक अलग ही निखार आ गया था।

ऐसा लगता था जैसे किसी कुशल चित्रकार ने उसके सादगी भरे जीवन में अपनी मोहब्बत के सतरंगी रंग बिखेर दिए हों। अपनी ज़िंदगी के इस सबसे खूबसूरत और जादुई बदलाव का सारा श्रेय वह तहे दिल से सिर्फ और सिर्फ नील को देती थी।

उसका यह दृढ़ विश्वास बन चुका था कि जबसे नील ने एक ठंडी हवा के झोंके की तरह उसकी बेरंग ज़िंदगी में कदम रखा है, उसने जीवन को एक बिल्कुल नए, सकारात्मक और जीवंत नज़रिए से देखना सीख लिया है।

पहले जो मुश्किलें उसे पहाड़ जैसी लगती थीं, अब वे नदी के पानी की तरह बहती हुई महसूस होती थीं। अब वह इस परम सत्य को समझ चुकी थी कि यदि मन के भीतर आंतरिक प्रसन्नता और संतुष्टि हो, तो ज़िंदगी की बड़ी से बड़ी और कठिन से कठिन विषम परिस्थिति का सामना भी चेहरे पर एक छोटी सी मुस्कान सजाकर किया जा सकता है।

पीहू को सीख और जीवन का नया दर्शन

मायरा के भीतर आया यह बदलाव सिर्फ उस तक सीमित नहीं था, बल्कि उसके आस-पास के लोगों को भी प्रभावित कर रहा था। अब तो आलम यह था कि जब कभी पीहू छोटी-मोटी बातों पर चिढ़ जाती, झल्लाती या बेवजह गुस्सा करती, तो मायरा उस पर पलटकर नाराज़ होने के बजाय, उसे बेहद प्यार और धीरज से सहलाते हुए समझाती। वह कहती:

"गुस्सा करने से आखिर क्या हासिल होगा पीहू? क्रोध तो केवल हमारे सोचने-समझने की शक्ति को नष्ट करता है। ज़िंदगी की हर उलझन, हर तनाव को एक शांत मन और ठंडे दिमाग से बेहद आसानी से सुलझाया जा सकता है। आखिर, मुस्कुराते रहने से ही तो आधी मुश्किलें बिना किसी प्रयास के अपने आप हल हो जाती हैं।

फिर व्यर्थ में अपनी ऊर्जा क्यों गंवानी?"

प्रेम: अंतर्मन का एक सच्चा दर्पण

सच ही तो है, प्रेम कोई साधारण भावना नहीं है; यह वह दिव्य प्रकाश है जो इंसान को उसके भीतर ही छिपे असीम अनुराग, करुणा और धैर्य से रूबरू कराता है।

जब कोई इंसान दिल की अगाध गहराइयों से प्रेम के इस पावन अहसास को महसूस कर लेता है, तो दुनिया को देखने का उसका चश्मा ही बदल जाता है। फिर वह हर छोटी से छोटी चीज़ में–चाहे वह सुबह की ओस हो, कड़कती धूप हो या किसी अजनबी की मदद करना हो–खुशियाँ तलाशने लगता है।

वह गुज़रे कल के पछतावे और आने वाले कल की चिंता को छोड़कर, बस हर लम्हे को पूरी शिद्दत और भरपूर ऊर्जा के साथ जीने लगता है।

वास्तव में, प्रेम ही वह पारदर्शी दर्पण है जो हमें हमारी उन छिपी हुई खूबियों, असीमित ताकतों और सहनशीलता से परिचित कराता है, जिनसे हम खुद अब तक पूरी तरह अनजान थे।

नील के प्रेम ने मायरा को खुद से मिला दिया था, और अब वह अपनी इस नई, निखरी और सशक्त छवि के साथ जीवन के सफर पर मुस्कुराते हुए आगे बढ़ रही थी।

कॉलेज का तनाव और मायरा की खुशमिजाजी

कॉलेज का यह सेमेस्टर जैसे-जैसे अपने अंतिम पड़ाव की ओर बढ़ रहा था, प्रोजेक्ट्स, असाइनमेंट्स और सेमिनार का बोझ छात्रों पर लगातार भारी होता जा रहा था। क्लास का हर एक छात्र इस अत्यधिक दबाव से बुरी तरह परेशान और थका हुआ महसूस कर रहा था। किसी को भी यह समझ नहीं आ रहा था कि आखिर कॉलेज के इस अंतहीन काम और अपनी पर्सनल लाइफ के बीच एक सही संतुलन कैसे बनाया जाए।

पिछले कुछ दिनों से तो कॉलेज का माहौल बेहद निराशाजनक हो गया था; सभी बच्चे बिना किसी उत्साह के, बेहद बेमन से बस औपचारिकता पूरी करने के लिए कॉलेज आ रहे थे। चारों तरफ बस थकान और चिड़चिड़ापन ही दिखाई देता था।

एक दोपहर, जब लाइब्रेरी के एक कोने में बैठकर अनिश और मन्नत अपनी आने वाली महत्वपूर्ण प्रेजेंटेशन को अंतिम रूप देने में जुटे थे, तभी वहाँ मायरा आई। जहाँ बाकी सब तनाव में डूबे थे, वहीं मायरा के चेहरे पर एक असीम शांति और बेहद प्यारी सी मुस्कान खिली हुई थी। उसकी आँखों में एक अजीब सी चमक थी जो उस उदास माहौल में बिल्कुल अलग ही चमक रही थी।

उसे इस तरह तनावमुक्त और खुश देखकर मन्नत ने अपनी थकान भरी आँखों से उसकी ओर देखा और हैरानी से पूछा, "मायरा, जहाँ हम सब काम के नीचे दबे जा रहे हैं, वहाँ तुम इतनी निश्चिंत हो! सच बताओ, तुम इतना मुस्कुरा क्यों रही हो?

क्या तुम्हें कोई लॉटरी लगी है?"

मायरा ने हल्के से हंसते हुए चहकते हुए कहा, "अरे मन्नत! मुस्कुराने के लिए भी क्या दुनिया में कोई खास वजह ढूंढनी पड़ती है? बस, दिल के भीतर अगर सच्ची खुशी और सुकून हो, तो चेहरा अपने आप ही मुस्कुरा उठता है। ज़िंदगी को इतनी गंभीरता से लेने की क्या ज़रूरत है!"

अब अनिश से भी रहा नहीं गया। उसने अपने लैपटॉप की स्क्रीन से नज़रें हटाईं और थोड़े हैरान व थोड़े झुंझलाए हुए स्वर में पूछा, "यार मायरा, यहाँ हम सब पर काम का इतना भयानक प्रेशर है, डेडलाइन्स सिर पर नाच रही हैं, ऐसे में तुम इतनी खुश और कूल कैसे रह सकती हो? क्या तुम्हारी वो मुश्किल वाली प्रेजेंटेशन पूरी तरह तैयार है?"

मायरा ने बिना किसी हिचकिचाहट के, तपाक से आत्मविश्वास भरे लहजे में जवाब दिया, "हाँ! मेरी प्रेजेंटेशन बिल्कुल रेडी है।"

अचानक हुआ हादसा और बढ़ता विवाद

अभी मायरा की बात खत्म ही हुई थी कि तभी अचानक अनिश के हाथ से मन्नत के लैपटॉप का माउस गलत जगह क्लिक हो गया और एक झटके में उनकी स्क्रीन गायब हो गई|

मन्नत ने जब स्क्रीन पर देखा, तो उसका पूरा चेहरा गुस्से से लाल हो गया। वह अपनी सीट से खड़ी हो गई और चिल्लाई, "यह क्या किया तुमने अनिश! तुमने सारा डेटा डिलीट कर दिया? मैंने कल रात भर जागकर इतनी मेहनत से

यह सब तैयार किया था और तुमने एक सेकंड में पूरी प्रेजेंटेशन ही खराब कर दी! तुम हमेशा ऐसा ही करते हो!"

अनिश भी काम के दबाव के कारण पहले से ही तनाव में था। अपनी गलती मानने और मन्नत को शांत करने के बजाय, वह भी गुस्से से तमतमा उठा। उसने मेज पर हाथ मारते हुए कहा, "तो इसमें मेरी क्या गलती है? यह तकनीकी खराबी भी तो हो सकती है! तुम हर बात का दोष मुझ पर मढ़ना बंद करो!"

देखते ही देखते दोनों के बीच तीखी बहस शुरू हो गई और लाइब्रेरी का शांत कोना उनके झगड़े की आवाज़ से गूंज उठा। मायरा तुरंत दोनों के बीच-बचाव में आई। उसने मन्नत का हाथ पकड़ा और अनिश को शांत रहने का इशारा करते हुए कहा, "अरे, तुम दोनों शांत हो जाओ। गुस्सा करने से बात बिगड़ जाएगी, जो डिलीट हुआ है उसे बैकअप से रिकवर किया जा सकता है। प्लीज़, शांत रहो।"

लेकिन बात हद से आगे बढ़ चुकी थी। अनिश आगबबूला हो चुका था। उसने अपना बैग उठाया और पैर पटकते हुए, गुस्से में बड़बड़ाता हुआ वहाँ से तेजी से चला गया। मन्नत भी उदास होकर अपनी कुर्सी पर बैठ गई।

मायरा के मन के विचार और उसका खूबसूरत रहस्य

उन दोनों को इस तरह लड़ते और बिखरते देखकर मायरा गहरी सोच में डूब गई। उसने एक ठंडी सांस ली और मन ही मन सोचने लगी–'गुस्सा इंसान को कितना बदल देता है।

नील ने आज तक कभी भी, किसी भी परिस्थिति में मेरे साथ ऐसा रूखा बर्ताव नहीं किया। मैं कभी-कभी छोटी-मोटी बातों पर चिढ़ भी जाती हूँ या बेवजह गुस्सा भी हो जाती हूँ, तो वह कभी पलटकर गुस्सा नहीं करता। बल्कि, वह

अपनी प्यारी-प्यारी बातों, हल्की-फुल्की शरारतों और अपनी जादुई मुस्कान से मुझे हँसा देता है। उसका प्यार ही है जो मुझे हर मुश्किल में शांत रहना सिखाता है।'

दरअसल, मायरा ने कॉलेज में मन्नत या अपने किसी भी अन्य दोस्त को नील के बारे में कुछ नहीं बताया था। वह अपनी इस खूबसूरत प्रेम कहानी को दुनिया की नज़रों से दूर रखना चाहती थी।

उसका मानना था कि उसका और नील का यह रिश्ता जितना निजी, शांत और दुनिया की दखलअंदाज़ी से दूर रहेगा, यह उतना ही पवित्र और मजबूत बना रहेगा। वह अपने इस अनमोल अहसास को केवल अपने दिल की तिजोरी में सुरक्षित रखना चाहती थी।

एक शाम, एक कप चाय और अधूरी बात

शाम ढल चुकी थी। नील के कमरे के बंद दरवाजे पर एक बेहद हल्की और संकोच भरी दस्तक हुई।

भीतर किताबों के पन्ने पलट रहे नील ने चौंककर सिर उठाया और आवाज़ लगाई, "कौन है?"

"क्या मैं अंदर आ सकती हूँ?" मायरा ने दरवाज़े को थोड़ा सा धकेल कर, अपनी आँखें चमकाते हुए मुस्कुराकर पूछा।

नील ने सामने खड़ी मायरा को देखा तो उसकी आँखों में एक अनजानी सी खुशी तैर गई। उसने मुस्कुराते हुए हामी में सिर हिला दिया।

आज पहली बार मायरा नील के इस छोटे से आशियाने (कमरे) पर आई थी, इसलिए उसके दिल की धड़कनें थोड़ी तेज़ थीं।

कमरे में कदम रखते ही मायरा ने उत्सुकता से चारों तरफ नज़रें दौड़ाईं। कमरा बिखरा हुआ तो नहीं था, पर लड़कों के कमरों जैसा ही साधारण था। उसने नील की तरफ देखा और पूछा, "क्या कर रहे हो?"

"बस, रात के लिए थोड़ी सब्जी बना रहा हूँ," नील ने हाथ में कड़छी हिलाते हुए कहा।

"ओह! तो मिस्टर नील को खाना बनाना भी आता है?" मायरा ने अपनी उंगली होंठों पर रखकर हैरान होने का एक प्यारा सा नाटक किया।

"बिल्कुल आता है महोदया! मैं तुम्हारी तरह नहीं हूँ, जिसे सिर्फ दो मिनट वाली मैगी उबालना आता हो और जिसे वो शेफ का काम समझती हो," नील ने उसे चिढ़ाते हुए चुटकी ली।

"किसने कहा आपसे ऐसा? मैं बहुत लाजवाब खाना बनाती हूँ, खाओगे तो उँगलियाँ चाटते रह जाओगे!" मायरा ने नकली नाराजगी दिखाते हुए अपनी भौंहें सिकोड़ी ।

"अच्छा! बातें तो बड़ी-बड़ी हैं, फिर तो हमें भी कभी अपने हाथ का वो लाजवाब स्वाद चखाओ, ताकि हमें भी पता चले," नील ने हंसते हुए चुनौती दी।

मायरा की मुस्कान थोड़ी गहरी और थोड़ी शर्मीली हो गई। उसने कहा, "जी ज़रूर! लेकिन उस स्वाद के लिए आपको थोड़ा इंतज़ार करना होगा। जब हम हमेशा के लिए साथ होंगे, तब रोज़ नए-नए पकवान बनाकर खिलाऊँगी।"

जैसे ही 'हमेशा के लिए साथ' वाले शब्द नील के कानों में पड़े, उसका चेहरा गंभीर हो गया। उसने अपनी उम्मीद भरी, गहरी नज़रों से मायरा के चेहरे को निहारा और धीमे स्वर में कहा, "अगर भगवान ने चाहा, तो हम बहुत जल्द हमेशा के लिए साथ होंगे।"

मायरा हल्के से खिलखिलाकर हंसी, जिससे कमरे का पूरा माहौल हल्का हो गया, और बोली, “अरे, आप भगवान पर छोड़ रहे हो? भगवान तो पहले से ही हमारे पूरे सपोर्ट में हैं, बस आप देखते जाओ!”

कुछ पल वहाँ रुकने के बाद मायरा को लगा कि उसे अब जाना चाहिए। “चलो ठीक है, अब मैं चलती हूँ, काफी देर हो रही है,” मायरा ने अपनी जगह से उठते हुए कहा।

“अरे, ऐसे कैसे? मेरे हाथ की बनी स्पेशल चाय तो पीकर जाओ!” नील ने मनुहार करते हुए उसे रोकने की कोशिश की।

“नहीं, फिर कभी। आज सच में थोड़ी देर हो रही है,” मायरा ने बात को टालना चाहा।

“बहुत अच्छी चाय बनाता हूँ मैं, अदरक और इलायची वाली। एक बार पीकर तो देखो, दोबारा खुद माँगकर पीयूगी,” नील ने मुस्कुराते हुए दोबारा आग्रह किया।

उसकी आँखों में छिपी मासूमियत और मनुहार को मायरा टाल नहीं सकी। उसने मुस्कुराते हुए कहा, “ठीक है बाबा, जब इतना कह ही रहे हो और इतनी तारीफ़ कर रहे हो, तो पी लेती हूँ।“

चाय की चुस्कियाँ और दिल की बातें

नील फटाफट दो कप कड़क चाय बना लाया। गर्म चाय की चुस्कियाँ लेते हुए दोनों के बीच का माहौल अचानक थोड़ा शांत और गंभीर हो गया।

खिड़की से आती ठंडी हवा और चाय का धुआं मिलकर एक खूबसूरत ठहराव पैदा कर रहे थे।

मायरा ने अचानक चाय के कप को थामे हुए नील की तरफ़ देखा। उसके मन में काफी समय से एक सवाल चल रहा था। उसने पूछ ही लिया, “नील, एक

बात बताओ... जैसे आमतौर पर लड़कियाँ सोचती हैं कि उनका पार्टनर अच्छे व्यवहार का हो, समझदार हो, ज़िंदगी में कुछ बेहतर कर रहा हो... वैसे तुम्हारी क्या पसंद है?

नील ने चाय का कप मेज पर रखा। उसने बेहद संजीदगी, गहराई और अटूट विनम्रता से सीधे मायरा की आँखों में देखा। उसकी आवाज़ में एक अजीब सा ठहराव था जब उसने कहा, "मुझे कोई ख्याली राजकुमारी नहीं चाहिए, मायरा। मुझे बस वो चाहिए जो ज़िंदगी के हर उतार-चढ़ाव में, हर अच्छे-बुरे वक़्त में मेरा साथ निभाए।

सच कहूँ तो, तुम मेरी आखिरी उम्मीद हो मायरा... बस कभी मेरा भरोसा मत तोड़ना। मैंने तुम पर खुद से भी ज़्यादा भरोसा किया है।"

नील की बातें इतनी सच्ची और इतनी गहरी थीं कि मायरा का दिल पिघल गया। उसकी आँखों में एक पल के लिए नमी तैर गई। उसने मन ही मन खुद से एक अटूट वादा किया–'चाहे दुनिया इधर की उधर हो जाए, मैं हमेशा नील के साथ रहूँगी और उसका भरोसा कभी नहीं टूटने दूँगी।'

दिल का इज़हार और शर्मीली विदा

कुछ पलों की इस खूबसूरत और गहरी खामोशी के बाद, मायरा ने अपनी भावनाओं को संभालते हुए कहा, "अच्छा, ठीक है... अब मैं सच में चलती हूँ।"

वह अपनी जगह से उठी और दरवाज़े की तरफ बढ़ने लगी। लेकिन इससे पहले कि वो अपना अगला कदम बढ़ाती, नील ने आगे बढ़कर हिम्मत जुटाई और अपने दिल की बात कह दी, जिसे वह न जाने कब से छुपाए बैठा था। उसने बेहद सादगी और सीधे शब्दों में मायरा के सामने अपने बेपनाह प्यार का इज़हार कर दिया।

अचानक हुए इस सीधे इज़हार से मायरा पूरी तरह से अवाक रह गई। उसका दिल इतनी तेज़ी से धड़कने लगा कि उसे लगा नील उसे सुन लेगा। उसके गाल शर्म के मारे लाल हो गए। वह बिना कुछ सोचे-समझे, जितनी तेज़ी से हो सका, कमरे से बाहर निकल गई।

पीछे से नील ने हंसते हुए आवाज़ लगाई, "अरे! भाग क्यों रही हो? कुछ जवाब तो देकर जाओ!"

दरवाज़े से बाहर कदम बढ़ाते हुए, मायरा ने भागते-भागते पलटकर नील की तरफ देखा। उसकी आँखों में शरारत और गालों पर शर्म की लाली थी। उसने सिर्फ इतना ही कहा, "गुड नाईट!" और मुस्कुराते हुए वहाँ से तेजी से भाग गई, नील को अपनी खूबसूरत मुस्कान के साए में छोड़ते हुए।

भाग 8: अचानक तकदीर पलटना

अचानक आई आंधी और टूटते ख्वाब

सब कुछ किसी खूबसूरत परीकथा की तरह बेहद शानदार और सुचारू रूप से चल रहा था। नील और मायरा अपनी छोटी सी दुनिया में इस कदर मग्न थे कि उन्हें ज़माने की कोई परवाह नहीं थी। वे अपनी जिंदगी के सबसे सुनहरे और खुशहाल दौर से गुज़र रहे थे।

मायरा, जो पहले हर बात को बहुत गहराई से सोचकर तनाव में आ जाती थी, अब नील के साथ बिना किसी खास वजह के भी खिलखिलाकर मुस्कुरा देती थी। उसका नील पर यह अटूट विश्वास था कि सिर्फ उसे एक बार देख लेने भर से या उसकी आवाज़ सुन लेने भर से मन की आधी परेशानियाँ जैसे कपूर की तरह हवा में उड़ जाती थीं। वह न केवल मानसिक रूप से बल्कि आत्मिक और आध्यात्मिक रूप से भी पूरी तरह नील के अस्तित्व से जुड़ चुकी थी।

इस रिश्ते का सबसे खूबसूरत और मजबूत पहलू यह था कि वे दोनों एक-दूसरे की कमज़ोरी नहीं, बल्कि एक-दूसरे की ढाल बने हुए थे। प्यार में पड़ने के बाद अक्सर लोग अपने लक्ष्यों से भटक जाते हैं, लेकिन यहाँ कहानी उलट थी। वे दोनों अपने-अपने करियर और पढ़ाई पर पहले से कहीं अधिक ध्यान केंद्रित कर पा रहे थे, क्योंकि वे कदम-कदम पर एक-दूसरे की ताकत बनते थे, एक-दूसरे का हौसला बढ़ाते थे और मुश्किल समय में मार्गदर्शक की भूमिका निभाते थे।

लेकिन फिर, नियति ने अचानक एक ऐसा करवट बदला कि सब कुछ पलक झपकते ही छिन्न-भिन्न हो गया।

एक शाम, जब मायरा हमेशा की तरह नील के फोन का इंतज़ार कर रही थी, तब नील का फोन आया। पर उस फोन में हमेशा जैसी गर्माहट और अपनेपन

की जगह एक अजीब सी बर्फ जैसी ठंडक थी। नील ने बिना किसी भूमिका के, बेहद रूखे और परायेपन से भरे स्वर में कहा, "मायरा, मैं कुछ दिनों तक तुमसे किसी भी तरह की कोई बात नहीं कर पाऊँगा। मुझे लगता है कि इस बातचीत से मेरी पढ़ाई में बहुत डिस्टर्ब हो रहा है।"

यह सुनते ही मायरा के कानों में जैसे सायरेन बजने लगा। वह पूरी तरह हैरान और स्तब्ध रह गई। उसका इस बात पर सवाल करना बिल्कुल लाजिमी था। वे दोनों वैसे भी फोन पर बहुत लंबी बातें नहीं करते थे, और न ही कॉलेज के अलावा उनका रोज़-रोज़ मिलना होता था।

दोनों परिपक्व थे और उन्होंने हमेशा अपने काम, करियर और पर्सनल लाइफ के बीच एक बहुत ही साफ और बारीक लकीर खींच कर रखी थी। उनका बातचीत का समय पहले से ही तय और बेहद सीमित था।

ऐसे में नील का अचानक यह तर्क देना कि वह 'डिस्टर्ब' हो रहा है, मायरा के गले से नीचे नहीं उतरा। वह मन ही मन सोचने लगी कि आखिर जो इंसान उसकी प्रेरणा था, वह अचानक कैसे डिस्टर्ब हो सकता था?

मायरा ने घबराकर कई बार उससे असल वजह पूछनी चाही, "नील, क्या बात है? तुम ऐसे क्यों बात कर रहे हो?" लेकिन नील ने उसकी एक न सुनी और बिना कोई ठोस वजह बताए, अत्यंत रूखेपन से फोन काट दिया।

बंद दरवाजा और कड़वा सच

फोन कटने के बाद मायरा का दिल किसी अनहोनी की गहरी और भयानक आशंका से बुरी तरह घबरा उठा। उसकी रातों की नींद और दिन का चैन गायब हो गया। उसे पूरा यकीन हो गया कि पर्दे के पीछे कुछ तो बहुत बड़ी गड़बड़ चल रही है।

अपने मन की व्याकुलता को शांत करने और तसल्ली पाने के लिए वह अगले ही दिन सुबह-सुबह नील के कमरे पर पहुँची। लेकिन वहाँ पहुँचते ही उसके दिल पर जैसे वज्रपात हुआ; कमरे के मुख्य दरवाजे पर एक बड़ा सा ताला लटक रहा था। आस-पास सन्नाटा था।

अत्यधिक व्याकुल, डरी हुई और हाँफती हुई मायरा वापस अपने घर लौटी। उसने कांपते हाथों से दोबारा नील का नंबर मिलाया। इस बार कई घंटियाँ जाने के बाद जब फोन उठा, तो मायरा अपने जज्बातों पर काबू नहीं रख पाई और तड़प उठी, "नील! आप मुझे सच क्यों नहीं बता रहे?

आप मुझसे इस तरह दूरी क्यों बना रहे हैं?

क्यों बात नहीं करना चाहते मुझसे?

आप भी दिल से यह बात बहुत अच्छे से जानते हो कि मेरे होने से आपकी पढ़ाई या करियर में कभी कोई खलल नहीं पड़ा, बल्कि हम तो एक-दूसरे को आगे बढ़ा रहे थे! फिर यह अचानक क्या हो गया?"

दूसरी ओर से कुछ पलों का ऐसा सन्नाटा रहा, जैसे वहाँ कोई जीवन ही न बचा हो। मायरा को सिर्फ नील की भारी होती सांसों की आवाज़ आ रही थी। फिर, उस सन्नाटे को चीरती हुई नील की एक बहुत ही भारी, अजनबी और भावहीन आवाज़ आई–

"ज़िद मत करो, मायरा। जो कह रहा हूँ, बस उसे मान लो।"

"मैं कैसे मान लूँ नील? जब तक आप मुझे नहीं बताओगे कि आखिर हुआ क्या है, मैं चैन से नहीं बैठूँगी! क्या बीत रही है मुझ पर, क्या आपको अंदाज़ा भी है?" मायरा की बेताबी और छटपटाहट साफ़ झलक रही थी।

मायरा की इस हताश ज़िद और आंसुओं के आगे नील का पत्थरों जैसा बना रखा संयम ज़्यादा देर टिक नहीं पाया। उसने फोन के उस पार एक बहुत ही

गहरी, दर्दभरी सांस ली और आखिरकार वह कड़वा सच उगल दिया जिसे वह छुपा रहा था, "मैं... मैं अपने गाँव आया हुआ हूँ। घर वालों ने अचानक मुझे यहाँ बुलाया और... और उन्होंने मेरे लिए एक लड़की देख ली है। सब कुछ लगभग तय हो चुका है।"

यह सुनते ही जैसे मायरा के पैरों तले की ज़मीन एक झटके में खिसक गई। उसके चारों तरफ का ब्रह्मांड घूम गया। वह खुद को संभाल नहीं पाई, उसकी आँखों के आगे अंधेरा छाने लगा और वह लड़खड़ाती, हड़बड़ाती आवाज़ में बेतहाशा बोली, "क्या... क्या कह रहे हो आप नील? प्लीज, मेरे साथ ऐसा भद्दा मज़ाक मत करो। भगवान के लिए झूठ मत कहो मुझसे! तुम ऐसा नहीं कर सकते!"

"यही परम सच है, मायरा। मैं चाहकर भी इसे बदल नहीं सकता," नील ने अपनी बेबसी को छुपाते हुए रूखेपन से कहा।

"तो मना क्यों नहीं कर देते अपने माता-पिता को? अभी तो आपकी पढ़ाई चल रही है, आपके पास कोई स्थाई नौकरी भी नहीं है! किस आधार पर वे आपकी शादी तय कर रहे हैं?" मायरा ने अपने प्यार के हक से, चीखते हुए अपनी बात रखी।

"तुम व्यावहारिक होकर समझने की कोशिश करो मायरा, बचकानी ज़िद मत करो।"

"लेकिन आप मना क्यों नहीं कर सकते? आख़िर ऐसी क्या मजबूरी है? वजह क्या है?" मायरा के सब्र का बांध अब तिनका-तिनका होकर टूट रहा था।

"मैं चाहकर भी उन्हें मना नहीं कर सकता! मैं इस वक्त अपने परिवार के सामने कोई स्टैंड नहीं ले सकता मायरा... आखिर किस बुनियाद पर स्टैंड लूँ? न मेरे पास नौकरी है, न कोई भविष्य सुनिश्चित है। मैं उनके फैसलों के आगे

मजबूर हूँ," नील ने भारी और रुंधे गले से कहा, "बेहतर यही होगा कि तुम... तुम सब कुछ भूल जाओ। समझो कि यह हमारी किस्मत में नहीं था।"

बेबसी, गुस्सा और आखिरी उम्मीद

मायरा की आँखों से आंसुओं का सैलाब उमड़ पड़ा, "भूल जाऊँ?

नील, क्या आप होश में तो हैं? क्या कह रहे हैं यह? क्या प्यार को इतनी आसानी से भुलाया जा सकता है?

आप बस एक बार, सिर्फ एक बार हिम्मत करके अपने घर वालों से आमने-सामने बात तो कीजिए। उनसे साफ़ कहिए कि आपको अभी शादी के बंधन में नहीं बंधना है, पहले आपको अपनी ज़िंदगी में सेटल होना है, अपने पैरों पर खड़ा होना है।"

"मायरा, तुम ज़मीनी हकीकत को समझ क्यों नहीं रहीं? मेरे हाथ में इस वक्त कुछ भी नहीं है। मैं उनके एहसानों और पारिवारिक दबाव के नीचे दबा हुआ हूँ। और वैसे भी, मैं उम्र में तुमसे काफी बड़ा हूँ, मैंने दुनिया को तुमसे ज़्यादा देखा और समझा है। पारिवारिक रिश्ते इतने आसान नहीं होते," नील ने अपनी कमजोरी और डर को इस झूठे तर्क के पीछे छुपाने की कोशिश की।

"इतने बड़े भी नहीं हैं आप! जो इस तरह के खोखले, कायरतापूर्ण और कमज़ोर बहाने बना रहे हैं। उम्र का हवाला देकर आप अपनी ज़िम्मेदारी से भाग रहे हैं!" मायरा ने तड़पकर पलटवार किया।

नील ने हताश और चिढ़कर कहा, "मायरा, मैं किस मुँह से और किस हिम्मत से अपने माता-पिता के सामने जाकर बात करूँ?

अगर मैं तुम्हारी बात भी करूँ, तो तुम खुद अभी शादी के लिए तैयार नहीं हो, और तुम्हें भी तो अभी अपनी पढ़ाई पूरी करके अपना करियर बनाना है। फिर मैं क्या कहूँ उनसे?"

मायरा ने रूंधे गले से, बंद आँखों के पीछे उसकी छवि को देखते हुए अपनी आखिरी टूटती हुई उम्मीद के साथ कहा, "तो उन्हें अपनी शादी के लिए मना कीजिए ना! उनसे कहिए कि आपको अपने करियर के लिए कुछ साल और चाहिए। क्या वे आपके भविष्य के लिए इतना भी इंतज़ार नहीं कर सकते?"

"तुम मेरी स्थिति को और मेरी बात को समझ क्यों नहीं रही हो मायरा?" नील की आवाज़ में अब बेबसी के साथ-साथ एक अजीब सी कड़वाहट और झुंझलाहट घुल चुकी थी।

अब मायरा के सब्र का बांध पूरी तरह से ढह चुका था। इतने समय से जो दर्द, जो प्यार, जो उम्मीदें उसके भीतर थीं, वे अब गुस्से का एक भयानक सैलाब बनकर नील पर बरस पड़ीं। वह रुंधे गले से, पागलों की तरह चीख उठी, "अगर आपको आख़िरकार मुझे बीच राह में, इस तरह तड़पता हुआ छोड़कर ही जाना था... तो इतने वक़्त तक मेरे साथ रहने का, मुझसे सच्चा प्यार करने का यह ढोंग क्यों किया?

क्यों मुझे अपनी आदत बनाई?

क्यों कर रहे हैं आप ऐसा घिनौना मज़ाक मेरे साथ?!"

"प्लीज मायरा, मेरी मजबूरी को समझो, मुझे और गुनहगार मत बनाओ..." नील ने बहुत ही धीमी और थकी हुई आवाज़ में कहा। और इससे पहले कि मायरा अपनी तड़प में कुछ और कह पाती, नील ने बस एक सूखा, बेजान सा 'सॉरी' बोला और कॉल डिस्कनेक्ट कर दिया।

अकेलेपन का अंधेरा और खामोश तड़प

फोन कटते ही मायरा के हाथ से मानो उसका फोन नहीं, बल्कि उसकी पूरी कायनात, उसके सारे सपने और उसकी जीने की वजह फिसल गई थी; वह अंदर से पूरी तरह कांच की तरह टूटकर बिखर चुकी थी।

नियति का क्रूर मज़ाक देखिए कि इस सबसे मुश्किल और काले दौर में उसकी सबसे बड़ी हिम्मत, उसकी सगी बहन पीहू भी अपनी नई नौकरी के सिलसिले में कुछ दिनों के लिए बैंगलोर गई हुई थी।

अकेलेपन के इस गहरे, डरावने अंधेरे में मायरा को कुछ सूझ नहीं रहा था कि वह क्या करे, किससे अपनी बात कहे। वह कमरे के एक सूने कोने में फर्श पर सिमटकर बैठ गई, अपने घुटनों को छाती से सटाया, उनमें अपना सिर छिपाया और पागलों की तरह बिलख-बिलख कर रोए जा रही थी। उसकी सिसकियों से पूरा कमरा गूंज रहा था।

आँसुओं से पूरी तरह धुंधली हो चुकी आँखों के साथ, उसने कांपते और थरथराते हाथों से अपने फोन को उठाया। उसने नील को एक आखिरी, अपने दिल के खून से लिखा हुआ मैसेज टाइप करना शुरू किया:

"नील, कम से कम मुझे इस अचानक आए बदलाव की असली और सच्ची वजह तो बताओ! ऐसा क्रूर बर्ताव क्यों कर रहे हो हमारे पवित्र रिश्ते के साथ?

अगर सिर्फ एक नौकरी न होने की वजह से आप खुद को कमज़ोर या लाचार समझ रहे हो और समाज या परिवार के सामने मेरे लिए स्टैंड नहीं ले पा रहे, तो प्लीज इस तरह डरकर, कायरों की तरह ऐसा आत्मघाती कदम मत उठाओ। वक्त हमेशा एक सा नहीं रहता नील, आज अंधेरा है तो कल सवेरा भी होगा, आज नौकरी नहीं है तो कल मेहनत से आपको एक बहुत अच्छी नौकरी भी मिल जाएगी। लेकिन इस तरह हालातों से घुटने टेककर, हार मानकर ऐसा कोई

फैसला मत लो, जिसके लिए हम दोनों को अपनी पूरी ज़िंदगी घुट-घुट कर पछताना पड़े।

और अगर... अगर कोई और वजह है, कोई और बात है जो तुम मुझसे छुपा रहे हो, तो मुझे साफ़-साफ़ बता दो। मैं सच बर्दाश्त कर लूँगी, पर यह बेबसी नहीं।"

मैसेज सेंड करने के कुछ ही पलों में, गाँव में बैठे नील के फोन की स्क्रीन अचानक जल उठी। नील ने बिस्तर पर लेटे-लेटे ही मायरा का वह लंबा, तड़प और दर्द से सराबोर मैसेज देखा। उसने भारी मन से उस मैसेज को ऊपर से नीचे तक, शब्द-दर-शब्द पढ़ा... उसकी आँखों के कोने भी गीले हुए, लेकिन उसने एक बहुत लंबी और ठंडी सांस भरी। उसने अपनी उंगलियों को कीबोर्ड पर ले जाकर भी रोक लिया, और बिना कोई जवाब दिए, फोन को वैसे ही टेबल पर उल्टा पटक दिया। सन्नाटा और गहरा हो गया था।

एक कौशिश और

मायरा ने कांपते हाथों से दोबारा नील का नंबर डायल किया। इस बार फोन की हर एक घंटी के साथ उसके सीने में दर्द का एक नया सैलाब उठ रहा था। जैसे ही दूसरी तरफ से फोन उठा, मायरा के सब्र का आखिरी बांध भी ढह गया और उसकी आंखों से आंसुओं का सैलाब बह निकला। उसका गला रुंध चुका था, लेकिन वह बिलख-बिलख कर, चीखते हुए बस एक ही सवाल दोहराए जा रही थी कि आखिर वह उसके साथ ऐसा क्यों कर रहा है? क्यों उसकी हंसती-खेलती जिंदगी को उसने एक पल में उजाड़ दिया?

वह रोते हुए, हांफती हुई आवाज़ में बोली, "जब आपको इस मोड़ पर आकर मेरा साथ छोड़ना ही था, नील... जब आपको मुझे इस तरह बीच राह में अकेला

तड़पने के लिए छोड़ देना था, तो उस दिन आपने मुझसे यह क्यों कहा था कि 'अगर तुम्हें मुझ पर सिर्फ 0.01 प्रतिशत भी भरोसा है, तो बस मुझ पर विश्वास रखो'? क्या वह सब सिर्फ एक छलावा था? क्या मेरा भरोसा इतना सस्ता था?"

नील के पास इन तीखे, रूह को छलनी कर देने वाले सवालों का कोई जवाब नहीं था। फोन के उस पार, पत्थर दिल बना रहने की कोशिश करने वाला नील आज खुद को संभाल नहीं पा रहा था। उसकी आंखों से भी लाचारी के आंसू बह रहे थे। फोन से आती उसकी भारी सिसकियां उसकी उस बेबसी को साफ़ बयां कर रही थीं, जिसे वह लफ़्ज़ों में ढाल नहीं पा रहा था। आख़िरकार, उसने एक लंबी सांस ली और बेहद भारी, टूटे हुए मन से सिर्फ इतना ही कहा:

"मैं दिल की गहराइयों से तुमसे माफ़ी मांगता हूँ मायरा... पर खुदा के लिए यकीन मानो, मेरे हाथ में अब कुछ नहीं रहा। मैंने यह सब जानबूझकर नहीं किया, मेरी भी कुछ ऐसी मजबूरियां हैं... कुछ ऐसे पारिवारिक और सामाजिक हालात हैं, जिन्हें मैं चाहकर भी नहीं बदल सकता। मैं खुद इस आग में जल रहा हूँ।"

किसी को अनसुलझे सवालों के चक्रव्यूह में अकेला छोड़ देना, उसे जीते जी पल-पल मार देने जैसा होता है। एक ऐसा सन्नाटा, जो अंदर ही अंदर इंसान को दीमक की तरह चाट जाता है।

मायरा की ज़िंदगी के हालात भी इस वक़्त कुछ ऐसे ही खौफनाक दौर से गुजर रहे थे। वह इन्हीं अनुत्तरित सवालों के काले साए में दिन-रात घुट रही थी। वह न तो जी पा रही थी और न ही इस सच को स्वीकार कर पा रही थी। फिर भी, इंसानी फितरत है कि वह आखिरी सांस तक उम्मीद का दामन नहीं छोड़ता। मायरा के जख्मी दिल के किसी बेहद अंधेरे कोने में अब भी एक धुंधली सी, कमजोर उम्मीद बाकी थी।

वह एक अजीब सी, बेतुकी आस लगाए बैठी थी कि शायद... शायद लड़की वाले नील को रिजेक्ट कर दें।

आखिर उसके पास कोई पक्की नौकरी तो थी नहीं, करियर के नाम पर वह अभी संघर्ष ही कर रहा था। दुनिया की नजरों में जो उसकी सबसे बड़ी कमी थी, मायरा के लिए वही उसकी आखिरी उम्मीद बन चुकी थी।

वह रात-दिन यही सोच रही थी कि शायद यह बेरोज़गारी ही उसके बिखरते हुए प्यार को कोई चमत्कार करके बचा ले।

लेकिन होनी को कुछ और ही मंज़ूर था; नियति ने उसके नसीब के पन्नों पर पहले से ही कुछ और, कहीं ज्यादा कड़वा और बेरहम सच लिख रखा था।

उसकी बची-कुची सारी उम्मीदें और ख्वाब तब कांच के बर्तनों की तरह चकनाचूर हो गए, जब उसके कानों में वह खबर पड़ी जिसने उसकी दुनिया ही उजाड़ दी—नील का रिश्ता पक्का हो चुका था। लड़की वालों को उसकी बेरोजगारी से कोई ऐतराज नहीं था।

अब सब कुछ तय हो चुका था, सारे फैसले लिए जा चुके थे। शहनाइयों की तारीख तय हो चुकी थी और अगले ही महीने नील किसी और का हाथ थामकर, हमेशा-हमेशा के लिए शादी के पवित्र बंधन में बंधने जा रहा था। मायरा के हिस्से अब सिर्फ ताउम्र का सन्नाटा और कभी न खत्म होने वाला इंतजार आने वाला था।

दर्द का सैलाब और पीहू का आलिंगन

जैसे ही पीहू कमरे का दरवाज़ा खोलकर सामने आई, मायरा के सब्र का आखिरी बांध भी तिनके की तरह टूटकर बिखर गया। वह अब और ढोंग नहीं कर सकती थी, अब और मजबूत होने का नाटक उसके बस की बात नहीं थी। वह खुद को

संभाल नहीं पाई और घुटनों के बल टूटती हुई पीहू की बांहों में सिमट गई। अपनी बहन के सीने पर सिर रखकर वह इस कदर बिलख-बिलख कर रोने लगी जैसे उसकी रूह का कोई हिस्सा उससे हमेशा के लिए छिन गया हो। कमरे की दीवारें मायरा की सिसकियों से गूंज उठीं।

मायरा की बची-कुची उम्मीदें, जो एक तिनके के सहारे टिके पुल की तरह थीं, अब पूरी तरह कांच की तरह टूटकर बिखर चुकी थीं। उसे लगने लगा कि भगवान का वह इशारा, किस्मत का उन्हें मिलाना, और वह हसीन मुलाकातों का खूबसूरत सिलसिला–सब कुछ महज़ एक छलावा था, एक सोची-समझी साज़िश थी, एक मुकम्मल झूठ था।

जिस प्यार को वह अपनी कायनात समझती थी, आज उसी ने उसे चौराहे पर लाकर खड़ा कर दिया था। इस एक झटके ने मायरा के भीतर की मासूमियत को मार दिया था और अब उसका दुनिया की हर शय, हर रिश्ते और खुद भगवान पर से भी भरोसा पूरी तरह उठ चुका था।

खामोश गवाह: अंकुर और पीहू की बेबसी

अंकुर की मूक समझदारी

अंकुर, नील और मायरा की इस दर्दनाक और अधूरी प्रेम दास्तान से पूरी तरह अंजान था। उसे नहीं पता था कि इन दोनों के बीच अतीत में क्या वादे हुए थे और आज क्या कयामत टूटी है।

मगर मायरा की यह बिखरी हुई हालत, रो-रोकर सूजी हुई लाल आँखें और उसके चेहरे पर छाई यह जानलेवा बेबसी देखकर वह बिना कुछ कहे ही ताड़ गया था कि कुछ बहुत गलत हुआ है। कुछ ऐसा, जिसने मायरा की आत्मा को झकझोर कर रख दिया है। वह चुपचाप एक कोने में खड़ा इस तबाही का गवाह

बना रहा, क्योंकि कभी-कभी शब्द सांत्वना देने के बजाय जख्मों को और हरा कर देते हैं।

पीहू की बेबस ममता

दूसरी तरफ, पीहू अपनी सगी बहन को इस बदतर हाल में देखकर भी चाहकर कुछ नहीं कर पा रही थी। वह मायरा के आंसुओं को पोंछ तो रही थी, लेकिन उसके भीतर की आग को बुझाने का कोई जरिया उसके पास नहीं था। मायरा भीतर से पूरी तरह ढह चुकी थी, एक आलीशान इमारत से मलबे में तब्दील हो चुकी थी। उसका वह मासूम मन, जो कभी ख्वाब बुनता था, अब अनुत्तरित और अनसुलझे सवालों का एक ऐसा अंतहीन दलदल बन चुका था, जिसमें वह हर पल और अंदर धंसती जा रही थी।

भाग 9: गुस्से का ज्वालामुखी और गुनहगार का मौन

मायरा का हिंसक आक्रोश

पूरी तरह टूट जाने के बाद भी, हार मानकर, डूबते को तिनके का सहारा ढूंढती मायरा ने अपनी बची-कुची आत्मगरिमा को ताक पर रखकर एक आखिरी बार नील का नंबर डायल किया। फोन उठा, तो उसके थरथराते होंठों से शब्द बटने का नाम नहीं ले रहे थे। वह रोते हुए बस इतना ही कह पाई,

"नील... एक बार... बस एक आख़िरी बार फिर सोच लो। मेरी खातिर, हमारे उस 0.01 प्रतिशत भरोसे की खातिर... अभी भी कुछ नहीं बिगड़ा है, अभी भी बहुत देर नहीं हुई है। हम सब ठीक कर सकते हैं नील..."

लेकिन नील की तरफ से जो जवाब आया, वह किसी ठंडे और बेरुखे पत्थर की तरह था, जिसमें भावना की एक बूंद भी नहीं थी। उसने बिना किसी हिचकिचाहट के बेहद सपाट लहजे में कहा, "सब समय-समय की बात है, मायरा। अब कुछ नहीं बदल सकता।"

नील के इन ठंडे शब्दों ने मायरा के तड़पते हुए सीने में एक जंग लगे खंजर की तरह काम किया। यह बेरुखी, यह टालने वाला अंदाज उसे इस कदर चुभा कि उसके भीतर का सारा दुख, सारी लाचारी एक झटके में हिंसक गुस्से और

आक्रोश के ज्वालामुखी में बदल गई। उसका रोना थम गया और उसकी जगह ली एक तीखे आक्रोश ने। वह फोन पर ही नील को खरी-खोटी सुनाने लगी।

नील का अंतहीन मौन और आत्म-ग्लानि

मगर नील? नील बिना एक शब्द बोले, बिना कोई सफाई दिए, उसकी ज़हरीली, कड़वी और तीखी बातों को एक अंतहीन, गहरी खामोशी के साथ सुनता रहा। फोन के उस पार से न तो कोई प्रतिवाद आया और न ही कोई नाराजगी। उसने पलटकर एक भी तीखा जवाब नहीं दिया, न ही खुद को सही साबित करने की कोशिश की। इसके पीछे दो ही वजहें हो सकती थीं:

अज़ीज़ का सम्मान: शायद, वह अपने जीवन की उस सबसे अज़ीज़, सबसे खास और पसंदीदा स्त्री को अपनी तरफ से कोई भी कटु वचन कहकर और ज्यादा नहीं दुखाना चाहता था। वह उसके हिस्से के गुस्से को भी अपना मान चुका था।

गुनहगार की सजा: या फिर, नील के भीतर वह असीम सहनशक्ति इसलिए भी थी क्योंकि उसका ज़मीर अच्छी तरह जानता था कि मायरा की इस असहनीय तड़प, इस बर्बादी और इन कड़वे आंसुओं की इकलौती वजह कोई और नहीं, बल्कि वह खुद था।

अपनी खुद की नजरों में पूरी तरह गिर चुका और गुनहगार बना नील, बस फोन के उस पार खड़ा चुपचाप अपने हिस्से की सजा भुगत रहा था, क्योंकि वह जानता था कि मायरा की गालियां भी उसके धोखे के सामने बहुत छोटी थीं।

भाग 10: बीतते वक्त का साया और अटूट कशमकश

नील की शादी को बीते तीन लंबे और दर्दनाक महीने हो चुके थे। इन नब्बे दिनों का हर एक पल मायरा के लिए किसी युग की तरह बीता था।

इतना सब कुछ घट जाने, जीवन के सारे सपने बिखर जाने और बुरी तरह दिल टूटने के बावजूद, एक अजीब सी बात थी—मायरा के मन में एक पल के लिए भी नील के प्रति नफरत या बदले का कोई भाव नहीं जागा।

उसके भीतर एक अजीब सी कशमकश और जद्दोजहद चल रही थी। उसके दिल के किसी कोने में नील के इस फैसले को लेकर गहरा गुस्सा तो सुलग रहा था, एक नाराजगी की आग थी जो उसे अंदर ही अंदर झुलसा रही थी, पर साथ ही ताज्जुब की बात यह थी कि उस पर उसका अटूट भरोसा भी कायम था। वह आज भी यह मानने को तैयार नहीं थी कि नील ने उसे धोखा दिया है।

खैरियत की चाह और खोई हुई जिंदादिली

हालात यह थे कि मायरा आज भी अपनी तमाम तकलीफों को भूलकर, कहीं न कहीं से, किसी न किसी जरिए से नील के बारे में छोटी-से-छोटी ख़बर या उसकी खैरियत का कोई संदेश ढूंढ ही लेती थी। वह छुपकर सोशल मीडिया पर या उनके किसी साझा परिचित से बस यह जान लेना चाहती थी कि वह ठीक है या नहीं।

हालांकि, नियति के इस क्रूर और बेरहम खेल ने प्रकृति, ईश्वर और खुद अपनी किस्मत पर से मायरा का पूरा भरोसा छीन लिया था। जो मायरा कभी अपनी ज़िंदगी के कैनवास को अपनी मर्ज़ी के बेहद खूबसूरत और चटख रंगों से रंगा करती थी, जिसके हंसने से पूरा घर चहक उठता था, आज वह जिंदादिल लड़की

खुद अपने ही भीतर कहीं बहुत गहरी खो चुकी थी। अब वह सिर्फ एक ज़िंदा लाश बनकर रह गई थी।

सुन्नता का घेरा और अपनों का प्रयास

पीहू और अंकुर ने दिन-रात एक कर दिए थे ताकि मायरा को इस भयानक सदमे से बाहर निकाला जा सके। वे उसे संभालने की, उसे हकीकत का आईना दिखाने की और इस कड़वे सच का सामना कराने की हर मुमकिन कोशिश कर रहे थे। मगर मायरा के ज़ेहन पर जैसे एक गहरी, अभेद्य सुन्नता छा चुकी थी।

वह एक ऐसी समाधि में जा चुकी थी जहाँ बाहरी दुनिया की कोई आवाज़ नहीं पहुँच पा रही थी। अब किसी की कोई भी बात, कोई भी तार्किक दलील या कोई भी दिलासा उसके जख्मी दिल की गहराइयों तक नहीं पहुँच पा रहा था। वह बस शून्यता में ताकती रहती थी।

वो थप्पड़ और जज्बातों का गुबार

अक्सर मायरा को इस कड़वे सच से रू-ब-रू कराने के प्रयास में पीहू और उसके बीच तीखी बहस हो जाया करती थी। पीहू उसे हकीकत स्वीकार करने को कहती, और मायरा अपनी ही दुनिया में खोई रहती।

एक दिन, मायरा की इसी असहनीय बेरुखी, उसकी जिद और खुद को तबाह करने के हठ को देखकर पीहू के सब्र का बांध पूरी तरह टूट गया।

वह अपनी बहन को इस तरह तिल-तिल मरते नहीं देख पा रही थी। उसने गुस्से, लाचारी और असीम हताशा में आकर मायरा के गाल पर एक ज़ोरदार थप्पड़ जड़ दिया। कमरे में उस थप्पड़ की गूंज के साथ ही सन्नाटा पसर गया।

सिसकती आत्मा और रूह की पुकार

गाल पर सिसकती, कांपती उंगलियों को रखे हुए मायरा ने अपनी बहन की तरफ देखा। उसकी आँखों से आंसुओं का एक नया और भयानक सैलाब उमड़ पड़ा। वह सुबकते हुए, अंदर से पूरी तरह टूटकर बेदम आवाज़ में बोली, "वह मेरी ज़िंदगी का महज़ एक हिस्सा नहीं है पीहू... वह खुद मेरी पूरी ज़िंदगी है! मेरी आत्मा, मेरी रूह के ज़र्रे-ज़र्रे में, मेरी हर एक धड़कन में सिर्फ वही बसता है। मैं... मैं अब इस दुनिया में सिर्फ और सिर्फ उसकी यादों के धुंधले सहारे ही सांस ले रही हूँ। अगर वह यादें भी छीन लोगी, तो मैं मर जाऊँगी।"

पीहू ने अपनी आँखों के आंसू पोंछे और अपनी आवाज़ को थोड़ा सख्त करते हुए कहा, "देखो मायरा, इन सब फिजूल की बातों से सिर्फ और सिर्फ तुम्हें ही तकलीफ होगी, किसी और को नहीं। तुम्हारे लिए तो हमेशा से तुम्हारा करियर, तुम्हारे सपने सबसे बढ़कर थे ना? फिर क्यों आज अपनी जी-जान से बनाई ज़िंदगी और यह करियर दोनों अपने ही हाथों बर्बाद करने पर तुली हो? मेरी बात मान, खुद को संभाल। तुझे भविष्य में उससे कहीं बेहतर, कहीं ज्यादा प्यार करने वाला इंसान मिल जाएगा..."

<u>सोने की चाहत और हीरे का मोल</u>

लेकिन मायरा के दिल का सच कुछ और ही था। वह अच्छी तरह जानती थी कि अब उसके जीवन में, उसकी रूह में किसी और दूसरे इंसान के लिए कोई जगह नहीं बची है।

वह जगह तो आज से डेढ़ साल पहले ही हमेशा-हमेशा के लिए पूरी तरह भर चुकी थी, जिस पर सिर्फ और सिर्फ नील का नाम लिखा था।

"मुझे कोई 'बेहतर' इंसान नहीं चाहिए पीहू..." मायरा ने एक बेसुध, लड़खड़ाती और शून्य में तैरती आवाज़ में कहा, "चाहत अगर सोने की हो... तो सामने

कोई कोहिनूर हीरा भी लाकर क्यों न रख दे, तो भी उस इंसान को कोई फर्क नहीं पड़ता। मेरे लिए मेरा सोना सिर्फ नील है, मुझे इस दुनिया का कोई हीरा नहीं चाहिए।"

बेअसर दलीलें और डगमगाता संतुलन

पीहू और अंकुर अब उसे समझाते-समझाते पूरी तरह थक चुके थे, उनके सारे शब्द छोटे पड़ गए थे। मायरा की हर एक बात में, उसके हर एक तर्क में एक ऐसा गहरा, अनकहा और रूहानी दर्द छिपा था, जिसे सांसारिक चश्मे से समझने में पीहू और अंकुर पूरी तरह नाकाम साबित हो रहे थे।

मायरा का मानसिक संतुलन अब धीरे-धीरे डगमगा रहा था; अत्यधिक मानसिक तनाव के कारण वह अक्सर बहकी-बहकी बातें करने लगी थी।

कभी वह अचानक गुस्से से भर जाती और इस सारे बिखराव के लिए अपनी फूटी किस्मत को अपशब्द कहती, तो कभी नील को अपनी इस हालत का इकलौता गुनहगार ठहराकर रोने लगती।

लेकिन यह गुस्सा ज्यादा देर नहीं टिकता था। अगले ही पल, उसका दिल विद्रोह कर उठता और वह खुद को झूठी तसल्ली देने के लिए सोचने लगती– 'नहीं, मेरा नील ऐसा कभी नहीं कर सकता। उसने जो कुछ भी किया, वो कभी जानबूझकर नहीं कर सकता... यकीनन उसकी कोई न कोई बहुत बड़ी मजबूरी रही होगी, कोई ऐसा दबाव रहा होगा जिसके आगे वह हार गया।' वह इसी भ्रम और सच के हिंडोले में लगातार झूल रही थी।

एक अनपेक्षित मोड़: मौत के साए से ज़िंदगी की तरफ

कॉलेज की उस व्यस्त सड़क पर गाड़ियों का शोर हमेशा की तरह सामान्य था, लेकिन मायरा के भीतर एक खामोश तूफ़ान चल रहा था। खोए हुए कदमों से चलती हुई मायरा इस बात से बिलकुल बेख़बर थी कि मौत एक भारी-भरकम ट्रक के रूप में उसकी तरफ बेहद तेज़ी से बढ़ रही है। हवा का एक तेज़ झोंका आया और इससे पहले कि मायरा कुछ समझ पाती, एक जोड़ी मज़बूत हाथों ने उसे पूरी ताक़त से पीछे खींच लिया।

वह सड़क के किनारे सूखी पत्तियों के ढेर पर जा गिरी। पलक झपकते ही वह ट्रक एक गड़गड़ाहट के साथ ठीक उसी जगह से गुज़र गया जहाँ एक सेकंड पहले मायरा खड़ी थी।

"पागल हो गई हो क्या? ध्यान कहाँ है तुम्हारा? इतनी तेज़ रफ़्तार में आता हुआ वो ट्रक दिखाई नहीं दे रहा था? आज अगर मैं सही वक्त पर नहीं आती, तो पता नहीं क्या हो जाता!"

मन्नत ने हाँफते और गुस्से में चिल्लाते हुए कहा। उसकी छाती तेज़ी से ऊपर-नीचे हो रही थी और चेहरा डर के मारे सफ़ेद पड़ चुका था।

दूरियों की दीवार और आँखों का सैलाब

दरअसल, मायरा और मन्नत कभी कॉलेज की सबसे पक्की सहेलियाँ हुआ करती थीं, लेकिन पिछले कुछ महीनों से उनके बीच एक अनकही दूरी आ गई थी। दोनों अब अलग-अलग प्रोजेक्ट ग्रुप्स में थीं। कभी-कभार अगर मन्नत सामने आ भी जाती, तो मायरा अपनी नज़रें चुरा लेती और कोई न कोई बहाना बनाकर वहाँ से तुरंत चली जाती थी। मन्नत को हमेशा लगता था कि मायरा बदल गई है या वह घमंडी हो गई है, लेकिन आज सच कुछ और ही बयां कर रहा था।

मन्नत की डांट सुनकर मायरा ने कोई पलटकर जवाब नहीं दिया। अचानक मायरा की स्थिर आँखों से आँसू की एक मोटी बूँद टपक पड़ी और उसके गालों को भिगोती हुई नीचे गिर गई।

मन्नत ने अपने पूरे कॉलेज जीवन में कभी मायरा की आँखों में आँसू नहीं देखे थे। वह हमेशा एक बेहद बोल्ड, बेबाक और हर परिस्थिति से लोहा लेने वाली लड़की रही थी। उसे इस तरह कांच की तरह टूटकर बिखरते देख मन्नत सन्न रह गई। उसका सारा गुस्सा एक पल में हवा हो गया।

"क्या हुआ मायरा? सब ठीक तो है न?" मन्नत ने घबराते हुए, बेहद नरम आवाज़ में पूछा।

दर्द का गुबार और नील की हकीकत

इस एक सवाल ने जैसे मायरा के भीतर थमे हुए बांध को तोड़ दिया। वह खुद को संभाल नहीं पाई और मन्नत के गले लगकर बिलख-बिलख कर रोने लगी। उसकी सिसकियों में एक ऐसा गहरा दर्द था जो सीधे मन्नत के दिल को चीर रहा था।

मायरा की यह हालत देख मन्नत का दिल पसीज गया। वह उसे संभालते हुए सड़क के किनारे एक शांत पार्क के बेंच पर ले गई और बैठाया। उसने का कांपता हुआ हाथ अपने हाथों में थामकर दोबारा पूछा, "क्या बात है मायरा? मुझे बताओ ना, प्लीज? खुद को इस तरह मत मारो।"

मायरा ने सुबकते हुए, रुक-रुक कर मन्नत को सब कुछ सच-सच बता दिया। उसने वो सारे राज़ खोल दिए जिन्हें वह महीनों से अपने सीने में दफ़्न किए हुए थी।

पूरी बात सुनते ही मन्नत का खून खौल उठा। उसकी मुट्ठियाँ भिंच गईं और वह नील पर आग-बबूला हो गई। मन्नत गुस्से में खड़ी हो गई और नील को कोसने लगी।

लेकिन हैरान करने वाली बात यह थी कि नील की इस हरकत को जानने के बाद भी, मायरा खुद को भूलकर उल्टा मन्नत को ही शांत करने लगी। मायरा का दिल अजीब था–वह खुद चाहे अकेले में नील पर कितनी भी गुस्सा हो या उसे कुछ भी कह ले, लेकिन किसी और के मुँह से नील के खिलाफ एक शब्द भी बर्दाश्त नहीं कर पाती थी। वह आज भी नील के सम्मान की ढाल बनी खड़ी थी।

अनसुलझे सवाल और विदाई की घड़ी

मन्नत ने मायरा के सिर पर हाथ फेरते हुए और उसे ढाँढस बंधाते हुए कहा, "जो कुछ भी हुआ मायरा, वह हमारे बस में नहीं था। नियति के कुछ फैसले बहुत क्रूर होते हैं, लेकिन अब तुम्हें इस अतीत के पिंजरे से बाहर निकलना होगा। तुम्हें खुद को संभालना होगा, अपनी पढ़ाई और करियर के लिए।"

दोनों कुछ देर खामोशी से साथ बैठी रहीं। शाम का धुंधलका बढ़ने लगा था। मायरा के मन में आज भी वही एक सुलगता हुआ सवाल था, जिसका जवाब शायद इस पूरी कायनात में किसी के पास नहीं था–'उसने ऐसा क्यों किया? क्या वह सब महज़ एक नाटक था, एक झूठ था?

आखिर ऐसी क्या मजबूरी रही होगी कि उसने एक पल में सब कुछ खत्म कर दिया?'

अंततः, मन्नत उसे किसी तरह शांत कराती है, उसके चेहरे को साफ़ करती है और समझा-बुझाकर उसे एक ऑटो में बिठाकर सुरक्षित घर लौटने को कहती है।

मन्नत का आत्ममंथन: एक अधूरी दास्तान

मायरा के जाने के बाद, मन्नत वहीं बेंच पर अकेली बैठी रही और गहरी सोच में डूब गई। वह अंदर तक हिल चुकी थी। वह इस बात पर हैरान थी कि जो लड़की इतनी बहादुर, तार्किक और अपने लक्ष्यों के प्रति इतनी दृढ़ थी, आज महज़ एक इंसान के चले जाने से उसकी ऐसी दशा कैसे हो गई!

मन्नत इस बात से बखूबी वाकिफ थी कि मायरा जो भी करती है, पूरी शिद्दत से करती है–फिर चाहे वह उसका कोई प्रोजेक्ट हो, उसकी पढ़ाई हो या किसी से दिल से रिश्ता निभाना हो। वह आधे-अधूरे मन से कुछ करना जानती ही नहीं थी।

उसे अब पूरी तरह समझ आ चुका था कि नील उसकी आत्मा का एक अहम हिस्सा बन चुका था। और जब आत्मा का कोई हिस्सा अलग होता है, तो दर्द असहनीय होता है।

मन्नत जानती थी कि मायरा के जीवन में अब उस जगह को कोई और कभी नहीं भर पाएगा।

पार्क में अंधेरा घिर आया था। एक ठंडी आह भरते हुए, मन्नत ने अपनी आँखों के कोने में आए आँसू को पोंछा।

उसने आसमान की तरफ देखा, जहाँ एक अकेला तारा चमक रहा था, और फिर चुपचाप भारी कदमों से अपने घर की तरफ चल दी, यह प्रार्थना करते हुए कि काश मायरा को इस दर्द से लड़ने की ताकत मिले।

भाग 11: अधूरी मोहब्बत और वक़्त का फेर

एक बेबस ख़ामोशी, एक मुकम्मल दुआ

आज मायरा सुबह-सुबह तैयार होकर मंदिर के लिए निकल पड़ी। सुबह की उस ठंडी, मद्धम हवा में भी उसकी सांसों में एक अजीब सी बेचैनी थी।

यूँ तो उसे ईश्वर से कुछ शिकायतें थीं, कई ऐसी बातें थीं जो वह भगवान के सामने बैठकर रोते हुए पूछना चाहती थी, फिर भी अपनी झोली फैलाने और एक बेहद खास मन्नत मांगने वह आज भगवान के द्वार पर खड़ी थी।

दरअसल, आज का दिन मायरा की जिंदगी का कैलेंडर में सबसे बड़ा दिन था– आज नील का जन्मदिन था। कैलेंडर की तारीखें बदल सकती थीं, पर मायरा के दिल का मौसम नील के बिना कभी नहीं बदला।

ऐसा कैसे हो सकता था कि नील का जन्मदिन हो और मायरा मंदिर की चौखट पर न आए? उसने हाथ जोड़कर, आँखें मूँदकर ईश्वर से नील के उत्तम स्वास्थ्य की और उसके 'एस.आई.' (S.I.) यानी सब-इंस्पेक्टर बनने का सपना जल्द से जल्द पूरा होने की मंगल कामना की। उसने भगवान से कहा कि चाहे तो उसके हिस्से की खुशियाँ भी नील की झोली में डाल दी जाएं।

यादों का अंतहीन सिलसिला

वैसे तो नील की सेहत और उसकी तरक्की की दुआ वह हर रोज़, हर पल मांगती थी। उसकी सुबह नील का नाम मन में दोहराने से होती थी, और रात

की आखिरी ढलती सांस के साथ आने वाला ख्वाब भी बस वही होता था। नील उसकी आदत नहीं, उसकी रूह का हिस्सा बन चुका था।

मायरा भली-भांति जानती थी कि नील अब कभी उसकी जिंदगी में उस तरह लौटकर वापस नहीं आएगा, जैसे वह पहले था।

हालात बदल चुके थे, रास्ते जुदा हो चुके थे। मगर दूरियां आ जाने से मोहब्बत कभी कम नहीं होती। प्रेम सिर्फ शादी के बंधन, समाज के दायरों या सात फेरों तक ही सीमित नहीं होता; इसे तो बस महसूस किया जाता है। प्रेम तो दो आत्माओं का वह गहरा जुड़ाव है जिसे वक्त और फासले भी धुंधला नहीं कर सकते। यही मायरा का सोचना था, उसकी यही अटूट विचारधारा थी।

वह तो बस दुनिया के किसी भी कोने में नील को खुश देखकर ही खुद को खुश पा लेती थी। उसकी खुशी ही मायरा का सुकून बन चुकी थी।

वो आखिरी और दर्दनाक गुफ़्तगू

मन्नत का धागा बांधकर, मंदिर की सीढ़ियों से उतरते हुए मायरा ने आखिरकार अपने हाथों को कांपने से रोका और सारी हिम्मत बटोरकर नील का नंबर डायल कर दिया। कई महीनों बाद उसके फोन की स्क्रीन पर नील का नाम चमक रहा था।

दो बेल जाने के बाद फोन उठ गया।

"जन्मदिन मुबारक हो।" मायरा ने अपनी सुबकती आवाज़ को छुपाते हुए कहा।

"शुक्रिया..." दूसरी तरफ से एक भारी, थकी हुई और जानी-पहचानी आवाज आई। वह आवाज़ जिसे सुनने के लिए मायरा के कान तरस गए थे।

"तुम ठीक हो?" नील ने पूछा। उसकी आवाज़ में एक अजीब सी तड़प थी। मायरा का गला रुंध गया, उसने किसी तरह अपनी आँखों के बांध को टूटने से रोका और खुद को संभालकर सिर्फ इतना ही कह पाई, "हाँ..."

"खुश हो?" नील का यह सवाल मायरा के कलेजे को चीर गया।

करीब एक मिनट के असहनीय, भारी सन्नाटे के बाद–जिसमें दोनों तरफ सिर्फ सांसों की गरमाहट और धड़कनों का शोर था–मायरा के होंठ कांपे, "नहीं... नहीं हूँ खुश।"

उसके चेहरे पर एक फीकी, बेजान मुस्कान तो तैर गई, पर भीतर ही भीतर उसका दिल पूरी तरह टूटकर बिखर चुका था। मायरा से अब और सब्र नहीं हुआ, उसने तड़पकर फिर वही पुराना, घाव देने वाला सवाल नील के सामने दोहरा दिया, जिसने उनकी हंसती-खेलती दुनिया को उजाड़ दिया था।

नील ने उसे बीच में ही टोकते हुए कहा, "देखो मायरा, शांत हो जाओ। खुद को मत संभालो, पर इस सच को स्वीकार करो। जो बीत गया, उसे अब बदला नहीं जा सकता। हम वक्त को पीछे नहीं मोड़ सकते।"

"सच-सच बताना नील," मायरा ने रोते हुए पूछा, "तुमने सिर्फ अपनी नौकरी न होने की ग्लानि में, अपनी बेरोजगारी के डर से अपने घरवालों से हमारे बारे में कोई बात ही नहीं की ना? प्लीज नील, आज उसका जन्मदिन है, मुझसे झूठ मत बोलना।"

दूसरी तरफ से एक लंबी, गहरी और बेबस फुसफुसाहट आई, "हाँ..."

जज्बातों का सैलाब और विदाई की शर्त

यह एक शब्द सुनना था कि मायरा का हौसला ताश के पत्तों की तरह ढह गया। वह फूट-फूटकर बिलख पड़ी। मंदिर के बाहर एक पेड़ के साए में बैठकर वह रोने लगी।

"मैंने कितनी बार कहा था आपसे... प्लीज सिर्फ एक नौकरी की वजह से हमारा रिश्ता मत तोड़ो! नौकरी तो आज नहीं तो कल मिल ही जाती।

क्या मेरा साथ आपकी हिम्मत बढ़ाने के लिए काफी नहीं था?"

नील ने एक गहरी, ठंडी सांस ली। उसके पास कोई दलील नहीं थी, कोई बहाना नहीं था। वह बस इतना ही कह पाया, "सब समय-समय का फेर है, मायरा। कुछ चीजें हमारे हाथ में नहीं होतीं।"

नील की इस बेबसी और उसकी इस लाचारी पर मायरा का बचा-खुचा संयम भी तार-तार हो गया। वह गुस्से, शिकायत और बेइंतहा दर्द के मिले-जुले सैलाब में नील पर बरस पड़ी।

उसके पास सवालों की एक पूरी झड़ी थी–'क्यों छोड़ दिया? क्यों नहीं लड़े? क्यों हार मान ली?' और नील... नील हमेशा की तरह आज भी बेबस, अपराधी सा खामोश खड़ा बस उसकी हर एक चीख, हर एक ताने को चुपचाप सुनता रहा। उसके पास अपनी सफाई में कहने को कुछ था ही नहीं।

आखिरकार, जब आंसुओं का सैलाब थोड़ा थमा, तो विदा लेते हुए मायरा ने जो आखिरी शब्द कहे, वे नील के कानों में हमेशा-हमेशा के लिए ठहर गए–"जब सब-इस्पेक्टर (S.I.) की वो नौकरी मिल जाए, जिसके लिए आपने मुझे छोड़ दिया, तो बस उस दिन मुझे एक बार फ़ोन करके बता देना।"

मायरा भली-भांति जानती थी कि नील की कामयाबी की ख़बर उसे ज़माने से, या दोस्तों से मिल ही जाएगी। पर वह उस गौरवमयी, ऐतिहासिक पल को

किसी और की ज़ुबानी नहीं सुनना चाहती थी। वह उस कामयाबी को सिर्फ और सिर्फ नील की अपनी आवाज़ में सुनना चाहती थी।

नील का भी तो ज़िंदगी में बस एक ही ख़्वाब था–एक अदद, बेहतरीन और इज्ज़तदार नौकरी पाना।

उस आख़िरी बातचीत के बाद मायरा ने फिर कभी नील का नंबर नहीं मिलाया। न कोई मैसेज, न कोई कॉल। अब उसकी मोहब्बत का तरीक़ा पूरी तरह बदल चुका था।

अब वह ज़माने के सामने नील की प्रेमिका नहीं थी, बल्कि ईश्वर के सामने उसकी सबसे बड़ी रक्षक बन गई थी। वह रोज़ सुबह आँख खुलते ही और रात को पलकें मूँदने से पहले, खामोशी से बस उसके हक़ में दुआएँ माँगा करती थी कि एक दिन नील की वर्दी पर वो सितारे चमकें, और उसका फोन उसके पास आए।

"मोहब्बत तो बेहिसाब थी, पर जेब खाली थी,

वो उसके लिए दुनिया से लड़ता भी तो कैसे?

माता-पिता के फैसलों को उसने सिर आँखों पर रख लिया,

क्योंकि एक बेरोज़गार, अपनी पसंद का हकदार बनता भी तो कैसे!"

भाग 12: आत्म-युद्ध और अतीत की परछाईं

मायरा धीरे-धीरे बिखरते हुए खुद को समेटने की हरसंभव कोशिश कर रही थी, पर भीतर ही भीतर वह अपनी मूल आत्मा को, अपने उस हंसते-मुस्कुराते वजूद को कहीं बहुत पीछे छोड़ आई थी।

बाहर से शांत दिखने वाली मायरा के भीतर एक ऐसा तूफान था, जिसकी लहरें रोज़ उसकी बची-खुची हिम्मत को तोड़ देती थीं। उसके जीवन का सबसे कठिन, थका देने वाला युद्ध अब किसी बाहरी ताकत, समाज या हालातों से नहीं था, बल्कि स्वयं की परछाईं से था।

वह हर पल, हर सांस के साथ इसी अंतर्द्वंद्व में सुलग रही थी कि अपने उस पुराने, जीवंत स्वरूप को वापस कैसे ज़िंदा करे? वह खुद को कैसे समझाए कि जो बीत गया, वह लौटकर नहीं आ सकता?

वह मायरा, जो नील के आने के बाद और भी निखर उठी थी, जिसकी आँखों में एक अलग ही चमक और होठों पर हर वक़्त एक बेफिक्र मुस्कान रहती थी, अब महज़ एक धुंधली याद बनकर रह गई थी।

विडंबना तो यह थी कि वह नील के प्यार में निखरे उस रूप को तो दूर, नील से मिलने से पहले वाली अपनी साधारण सी, शांत और मासूम पहचान को भी दोबारा हासिल नहीं कर पा रही थी। वह एक ऐसे चौराहे पर खड़ी थी जहाँ से पीछे लौटने का कोई रास्ता नहीं था और आगे गहरा अंधेरा था।

अपनों में खुद की तलाश

किसी भी मनुष्य के लिए जीवन का सबसे क्रूर, सबसे दर्दनाक मोड़ वही होता है, जब उसे अपनी ही खोई हुई पहचान को वापस पाने के लिए खुद से ही एक थका देने वाला युद्ध लड़ना पड़े।

जब आईने में दिखने वाला अक्स पराया लगने लगे, तो इंसान कहाँ जाए?

अपनी इसी धुंधली पड़ती हस्ती और वजूद को ढूँढ़ने के लिए मायरा कभी अपनी बहन और भाई की आँखों में खुद का पुराना अक्स तलाशती। वह घंटों उनके पास बैठ जाती और उनकी आँखों में यह देखने की कोशिश करती कि क्या वह आज भी वही मायरा है जिसे वे जानते थे?

कभी-कभी तो वह अपने पुराने, बचपन के दोस्तों से लगभग मिन्नतें करती कि वे उसे पुरानी बातें याद दिलाएँ—वे उसे बताएं कि वह पहले कैसी थी? बात-बात पर कैसे खिलखिलाकर हंस पड़ती थी? उसका असली वजूद, उसकी पसंद-नापसंद क्या थी?

सुनने में शायद यह प्रयास थोड़ा अजीब, बचकाना या बेतुका लगे, पर अपनी अस्मिता को वापस पाने की मायरा की यह छटपटाहट बेहद वास्तविक, गहरी और रूह को कंपा देने वाली थी।

हकीकत भी यही है; न जाने कितने ही लोग ज़िंदगी के इस अंतहीन और क्रूर चक्रव्यूह में इस कदर उलझ जाते हैं, किसी के प्यार या वियोग में इस कदर खो जाते हैं कि एक दिन अचानक जब वे पीछे मुड़कर देखते हैं, तो पाते हैं कि वे स्वयं को ही पूरी तरह भूल चुके हैं। उनका अपना कोई रंग, कोई वजूद बचा ही नहीं है।

मलाल का अंतहीन चक्रव्यूह

आज मायरा को चारों तरफ से घेरकर खड़ा था तो बस एक असीम, कभी न खत्म होने वाला अफ़सोस... एक ऐसा मलाल जो दीमक की तरह उसे अंदर ही अंदर चाट रहा था। वह अफ़सोस यह था कि जब सही समय था, जब नील उसके बेहद करीब था, तब उसने नील से अपने प्यार का इक़रार खुलकर क्यों नहीं किया? आज उनके बीच जो यह मीलों लंबा ख़ालीपन और सन्नाटा पसर गया था, उसका पूरा ज़िम्मा, उसका पूरा दोष वह किसी और पर नहीं, बल्कि खुद पर ले चुकी थी। वह खुद को ही गुनहगार मान रही थी।

अतीत के धूल जमे पन्नों को पलटते हुए वह अक्सर तन्हाई में सोचती—काश! उसने वक़्त रहते, बिना डरे नील से कह दिया होता कि वह उसके लिए कितना अनमोल है। नील के बिना उसकी ज़िंदगी महज़ एक कोरा कागज़ है। वह अपनी पूरी ज़िंदगी, अपनी हर सुबह और हर शाम उसके साए में बिताने, उसके हर आँसू को अपनी हथेलियों में समेटने और उसके जीवन के हर साधारण, छोटे से छोटे पल को अपनी मोहब्बत से ख़ास बनाने का ख़्वाब बुन रही थी।

लेकिन अफ़सोस, वे सारे हसीन अरमान, वे सारी अनकही बातें और जज्बात उसके मन की चारदीवारी से बाहर निकल ही नहीं पाए। उसने लोक-लाज, डर या झिझक की वजह से अपनी ज़ुबान पर ताला लगा रखा था।

अधूरी ख़ामोशी का अंजाम

अब जब सन्नाटा गहरा चुका था और घनी होती तन्हाई के बीच वह अकेली बैठती, तो उसे बार-बार यही टीस उठती, यही महसूस होता कि काश! उसने सिर्फ एक बार हिम्मत करके अपनी ज़ुबान खोली होती। काश उसने नील का हाथ थामकर अपने दिल का हाल बयां कर दिया होता, तो शायद आज नील

उसे इस मोड़ पर, ज़िंदगी के इस वीराने में अकेला छोड़कर जाने की सोचता भी नहीं। शायद उसका प्यार नील को एक संबल देता, एक ऐसी ताकत देता कि वह नौकरी की ग्लानि से ऊपर उठकर उसके लिए दुनिया से लड़ जाता।

पर अब बहुत देर हो चुकी थी। वक़्त का पहिया आगे निकल चुका था और पीछे छूट गई थीं सिर्फ सुलगती हुई यादें और एक कड़वा सच, जिसे मायरा अब हर रोज़ महसूस करती थी:

"क़िस्मत के कुछ पन्ने ज़िंदगी में सिर्फ़ एक बार पलटते हैं—वही उनका आगाज़ होता है, और वही अंजाम। अगर उस वक़्त सही फैसला न लिया जाए, तो पूरी ज़िंदगी सिर्फ एक 'काश' के साए में गुज़र जाती है।"

एक अधूरी मन्नत का मुकम्मल होना

कमरे के एक कोने में पसरे सन्नाटे को चीरते हुए अचानक मायरा का फोन वाइब्रेट हुआ। उसने बेमन से हाथ बढ़ाकर जैसे ही फोन उठाया, उसकी धड़कनें एक पल के लिए थम गईं। स्क्रीन पर 'नील' का नाम चमक रहा था—वही नाम जो कभी उसकी धड़कन हुआ करता था।

कांपते हाथों से कॉल रिसीव करते ही दूसरी तरफ से नील की चहकती हुई, उत्साह से भरी आवाज़ गूंजी, "मिठाई कब खिला रही हो मायरा? मेरी नौकरी लग गई! मैं सब-इंस्पेक्टर बन गया!"

नील के मुख से निकले ये शब्द सुनते ही मायरा का दिल जैसे ख़ुशी के एक अनकहे सैलाब से भर गया। उसके कानों में नील की कामयाबी के ढोल बजने लगे। ऐसा लगा मानो उसकी बरसों की तपस्या सफल हो गई हो, मानो ईश्वर ने आज उसकी हर एक सिसकी, हर एक आंसू और हर एक मन्नत को एक

साथ कुबूल कर लिया हो। उसने अपनी आँखों में आए ख़ुशी के आँसुओं को पोंछा और मुस्कुराकर कहा, “अरे वाह! बहुत-बहुत बधाई हो नील! मुझे पता था तुम यह कर दिखाओगे।“

“पर मिठाई तो आपको खिलानी चाहिए, मैं क्यों खिलाऊँ?” उसने अपने पुराने हक से थोड़ा लाड़ और शिकायत सहेजते हुए कहा।

दूसरी तरफ से नील खिलखिलाकर हँस पड़ा, वही पुरानी हँसी जिसे सुनने के लिए मायरा का रोम-रोम तरस गया था। “हाँ-हाँ, यह भी ठीक है। चलो, मैं ही खिलाऊँगा, पूरी दुनिया को खिलाऊँगा। वैसे, कैसी हो तुम?”

“मैं ठीक हूँ। आप कैसे हैं?” मायरा ने अपने भीतर उमड़ते जज्बातों को काबू में करते हुए पूछा।

“मैं भी मस्त! अपनी वर्दी पाकर बहुत खुश हूँ। सच बताना, खुश तो हो न मेरे लिए?” नील के इस मासूम सवाल पर मायरा का गला भर आया।

“बहुत... आज मैं वाकई बेहद खुश हूँ, नील। इतनी खुश कि बयां नहीं कर सकती।“

आख़िरी वादा और आख़िरी अल्फ़ाज़

अचानक, उस हँसी-मज़ाक के बाद नील की आवाज़ में एक गहरा ठहराव आ गया। वह ठहराव, जो यह जता रहा था कि कामयाबी भले ही मिल गई हो, पर वक्त की लकीरें अब भी अपनी जगह पर सख्त थीं।

“मायरा, अब तुम्हें भी अपनी लाइफ में कुछ बड़ा करना है। बहुत रो लिया, बहुत सोच लिया अतीत के बारे में। अब अपने करियर पर फोकस करो, आगे बढ़ो। अच्छा, मुझसे एक प्रॉमिस करोगी?”

"बोलिए।" मायरा की सांसें जैसे थम सी गईं।

"तुम अपनी ज़िंदगी में हमेशा खुश रहोगी और इसे बहुत अच्छे से जिओगी। कभी किसी चीज़ के लिए खुद को दोष नहीं दोगी।"

नील के इन शब्दों ने मायरा के सब्र का वो आखिरी बांध भी तोड़ दिया जिसे वह इतनी देर से थामे खड़ी थी। उसकी आँखों से चुपचाप, बिना किसी आवाज़ के गरम आँसू बह निकले। नील का कोई वादा, उसकी कोई इच्छा मायरा कभी ठुकरा दे, ऐसा तो उसके जीते-जी हो ही नहीं सकता था। उसने रोते हुए भी अपनी लड़खड़ाती आवाज़ को सँभाला, अपनी पूरी हिम्मत बटोरी और कहा, "मैं वादा करती हूँ नील... मैं अपनी बची हुई ज़िंदगी बहुत अच्छे से और हमेशा मुस्कुराते हुए गुज़ारूँगी। तुम्हारी दी हुई यह खुशी मेरे जीने का सहारा बनेगी।"

"चलो, बाय। टेक केयर।" नील ने बस इतना कहा और कॉल एंड कर दिया। फोन कट चुका था, पर मायरा के सूने दिल के आंगन में उसकी आवाज़ अब भी गूँज रही थी। उसे लग रहा था जैसे नील ने दूर जाकर भी उसकी रूह को एक नई दिशा दे दी हो।

चौखट पर झुका सिर

मायरा के चेहरे पर आज एक लंबे अरसे, एक पूरे युग के बाद वह अनोखी, रूहानी चमक लौटी थी। उसके भीतर का वह खालीपन, जो कल तक उसे खाए जा रहा था, आज नील की कामयाबी की खुशबू से महक उठा था। मानो उसकी बरसों की अधूरी मन्नतें अचानक परवान चढ़ गई हों। उसकी मोहब्बत मुकम्मल नहीं हुई तो क्या हुआ, उसकी दुआ तो पूरी तरह मुकम्मल हो चुकी थी।

इस पावन, अलौकिक अनुभूति को अपने भीतर समेटे वह सबसे पहले उसी मंदिर की चौखट पर पहुँची जहाँ वह सुबह रोकर आई थी। आज उसकी आँखो

में शिकायत के आंसू नहीं, बल्कि कृतज्ञता का भाव था। उसने ईश्वर के सामने सिर झुकाया, अपने हाथों को जोड़ा और दिल की गहराइयों से उस परम सत्ता का आभार प्रकट किया। उसने जान लिया था कि प्रेम का मतलब पा लेना नहीं, बल्कि जिसे चाहा उसे उसकी मंज़िल पर पहुँचते देख दूर से ही मुस्कुरा देना है।

भाग 13: आत्म-साक्षात्कार और प्रेम का नया आकाश

एक मौन स्वीकृति, यादों का महफ़ूज़ आशियाना

मायरा अब खुद को पहले से कहीं बेहतर, शांत और संभला हुआ महसूस कर रही थी। भटके हुए मुसाफिर की तरह भटकने के बाद, आखिरकार उसके कदमों को एक ठहराव मिल गया था।

जिंदगी के कुछ कड़वे और बेहद तीखे सच अब उसने पूरी तरह से, बिना किसी शिकायत के स्वीकार कर लिए थे। उसे यह बात अब अच्छी तरह समझ आ गया था कि आंसुओं के समंदर बहाकर भी कभी बीता हुआ कल और छूटे हुए लोग वापस नहीं लौटते।

वक्त की नदी सिर्फ आगे बहती है, पीछे नहीं। नील से किए उस आखिरी वादे की खातिर, उसने अपने आंसुओं को पोंछ लिया था और वह एक बार फिर जिंदगी में खुलकर मुस्कुराने और खुश रहने की पुरज़ोर, सच्ची कोशिश कर रही थी।

अब अपनी खुशियों को बटोरने के लिए उसे नील की भौतिक मौजूदगी, उसकी छुअन या उसके फोन कॉल्स की जरूरत नहीं थी। वह समझ चुकी थी कि दूरियाँ केवल जिस्मों के बीच होती हैं, रूहों के बीच नहीं। नील ने उसे अपनी आखिरी बातचीत में जिंदगी को जिस सकारात्मक और मजबूत नजरिए से देखना सिखाया था, वह उसे अपने रोजमर्रा के व्यवहार में, अपनी आदतों में ढालने लगी थी।

अब उसकी जिंदगी का, उसकी हर सुबह का बस एक ही मकसद था–नील को दिया वो आखिरी वादा निभाना, और खुद को बिखरने से बचाना।

भीतर बसता एक मुकम्मल जहान

अब वह नील से दूर नहीं थी, बल्कि नील को खुद अपने ही भीतर एक धड़कन की तरह जीती थी। जब वह चलती, तो लगता नील उसके साथ है; जब वह मुस्कुराती, तो लगता यह मुस्कान नील की अमानत है। शायद जिंदगी के इतने थपेड़े खाने के बाद अब जाकर उसे प्रेम की वास्तविक, निश्छल और पावन परिभाषा समझ आई थी–जहाँ पाने की ज़िद नहीं होती, सिर्फ देखने और महसूस करने का सुकूँ होता है।

नील अब उसके मन के, उसकी आत्मा के कण-कण में इस कदर बस चुका था कि उसे अलग करना मुमकिन ही नहीं था। अब नील की रज़ा, नील की खुशी ही मायरा की रज़ा बन चुकी थी। उसका मन राजी, तो मायरा का पूरा वजूद राजी। नील खुश था अपनी वर्दी के साथ, अपनी कामयाबी के साथ, तो मायरा ने भी उस दूर खड़ी खुशी में अपना हिस्सा ढूंढ लिया था।

दर्द का एक महफ़ूज़ कोना

हालांकि, ऐसा बिल्कुल नहीं था कि अतीत का हर एक पन्ना पूरी तरह कोरा हो चुका था या सब कुछ मिट चुका था। वे सारे पुराने, अनसुलझे सवाल, वे 'काश' की अंतहीन कड़ियाँ आज भी कभी-कभी, किसी उदास शाम या तन्हा रात में उसकी स्मृतियों के किसी धुंधले, शांत कोने में सुलग उठते थे। कभी-कभी कोई पुरानी धुन या कोई परिचित खुशबू उसे उस दौर में ले जाती थी, जहाँ वह और नील कभी एक थे।

सच ही तो है, वक्त एक ऐसा मरहम है जो इंसान को सब कुछ भुलाने का दावा तो करता है, पर असल में भुला कुछ नहीं पाता। वक्त के साथ इंसान बस खुद को संभालना, अपने आंसुओं को छुपाना और बदली हुई परिस्थितियों के अनुकूल

जीना सीख ही लेता है। मगर दिल के किसी बेहद निजी, गहरे कोने में एक अनकहा दर्द, एक अधूरी ख़्वाहिश और चुपकर बैठी मायूसी हमेशा महफ़ूज़ रहती है। उसे दुनिया की कोई भी कामयाबी या कोई भी नई ख़ुशी मिटा नहीं सकती।

कुछ ज़ख्म वक्त भी नहीं भर पाता; वे आत्मा पर लगे ऐसे निशान होते हैं जो हमेशा रहते हैं। बस वक्त के साथ इंसान को उन ज़ख्मों को सहने का, उनके साथ मुस्कुराने का एक अनोखा हौसला आ जाता है। मायरा ने भी उसी हौसले को अपना गहना बना लिया था।

भाग 14: अधूरी दास्ताँ: वक़्त के मोड़ पर छूटा हाथ

दो दिलों की मूक विदाई और अनकहे जज़्बातों का सफ़र

"लाउडस्पीकर पर एक बार फिर यांत्रिक आवाज़ गूँजी–"यात्रीगण कृपया ध्यान दीजिए, अमृतसर को जाने वाली..."

स्टेशन की घड़ी की सुइयाँ मानो किसी क्रूर रेस में दौड़ रही थीं। उन दोनों के पास अब बस कुछ ही पल बचे थे। माहौल में पसरे इस भारी, दमघोंटू सन्नाटे और गुज़रे वक्त की कड़वाहट को कम करने के लिए मायरा ने अपने भीतर के दर्द को छुपाया और ज़बरदस्ती मुस्कुराते हुए बात का रुख बदला।

"दीदी कैसी हैं?" मायरा ने अपनी आवाज़ को जितना हो सके सहज बनाने की कोशिश करते हुए पूछा।

"अच्छी हैं," नील ने एक संक्षिप्त सा जवाब दिया। उसकी आवाज़ में एक अजीब सा भारीपन था।

"ख्याल रखा करो उनका। आप बहुत खुशनसीब हैं नील, जो आपको इतनी अच्छी जीवनसाथी मिलीं।"

नील ने चुपचाप मायरा को देखा। वह हमेशा से रिश्तों की मर्यादा और सीमाओं को बखूबी समझता था। वह अपनी पत्नी से प्रेम भी करता था और उसके प्रति पूरी तरह वफादार भी था। यह तो बस वक़्त की बेरहम मजबूरी और पारिवारिक

जिम्मेदारियों का बोझ था, जिसने उसे कभी मायरा का हाथ बीच राह में छोड़ने पर मजबूर कर दिया था।

मायरा की बात सुनकर नील के चेहरे पर हैरानी और थोड़े संकोच के भाव उभरे, "तुम्हें मेरी पत्नी के बारे में इतना सब कैसे पता?"

"मैं सब जानती हूँ," मायरा के होठों पर एक फीकी, दर्दभरी मुस्कान तैर गई। "आपकी आँखों का यह ठहराव और सुकून बता रहा है कि आप अपनी गृहस्थी में खुश हैं। और आपकी यह खुशी इस बात की गवाही देती है कि वह आपका बहुत ख्याल रखती हैं।"

"हाँ, वह सच में बहुत अच्छी है," नील ने सच को स्वीकार किया। फिर कुछ पल ठहरकर, उसने मायरा की उन आँखों में झाँका जो कभी उसकी पूरी दुनिया हुआ करती थीं, "तुम अपने बारे में बताओ?"

"क्या बताऊँ?" मायरा ने शून्य में देखते हुए कहा।

"कुछ भी... जो तुम्हारे दिल में हो। जो इन तीन सालों में तुमने महसूस किया।"

मायरा ने तुरंत नील की नज़रों से अपनी नज़रें चुरा लीं और खिड़की से बाहर भागते हुए दृश्यों को देखते हुए बेहद शायराना और दार्शनिक अंदाज़ में बुदबुदाई, "किस्मत भी कितनी अजीब पहेली है ना नील? किसी को बिना माँगे ही जन्नत मिल जाती है, और कोई लाख मन्नतें, मिन्नतें और दुआएँ माँगने के बाद भी खाली हाथ रह जाता है।"

नील का दिल तड़प उठा। मायरा के शब्दों में छिपा दर्द उसे भीतर तक बींध गया। उसने धीमे से टोका, "तुम आज भी ऐसी बातें क्यों कर रही हो मायरा? खुद को इस कदर तकलीफ क्यों दे रही हो?"

"बस ऐसे ही..." मायरा ने अपने बहते आँसुओं को नील से छुपाने के लिए अपनी आँखें मूँद लीं। एक गहरी साँस लेकर उसने बात जारी रखी, "मैं अब

समझ गई हूँ नील... जिंदगी की हर चीज़ हमारे बस में नहीं होती। जो हमारे नसीब में लिखा है, वो दुनिया के सारे चक्रव्यूह पार करके, घूम-फिर कर हमारे पास आ ही जाता है; और जो हमारे हिस्से का नहीं है, उसे दुनिया की कोई भी ताक़त हमसे जोड़ नहीं सकती। हम तो बस वक्त की कठपुतलियाँ हैं।"

नील ने माहौल के भारीपन को कम करने की नाकाम कोशिश करते हुए कहा, "अरे वाह! आज तो बड़ी ज्ञान की बातें हो रही हैं। वैसे, ये अचानक इतना ज्ञान कहाँ से आ रहा है?"

मौन की भाषा और अंतरात्मा का सुकून

मायरा ने अपनी झुकी हुई आँखें उठाईं और नील के चेहरे को निहारा। नील भले ही मुस्कुराने का नाटक कर रहा था, लेकिन उसकी आँखों में तैरती नमी और उन गहराइयों में छुपा बेहिसाब दर्द साफ़ झलक रहा था। वह भी उतने ही सताए हुए थे, जितने कि मायरा।

उस एक पल में, मायरा के भीतर पिछले तीन सालों से चल रहा सवालों का बवंडर, शिकायतों का तूफ़ान हमेशा के लिए थम गया। वह बिना कुछ कहे, बिना किसी स्पष्टीकरण के समझ गई कि ज़िंदगी के कुछ कठिन सवालों के जवाब सचमुच किसी के पास नहीं होते।

आज तीन साल के लंबे, अकेले और तड़पते हुए इंतज़ार के बाद, मायरा को आखिरकार इस बात का गहरा अहसास हुआ कि नील बेवफ़ा नहीं था। वह धोखेबाज़ नहीं था।

उसकी कोई ऐसी सामाजिक या पारिवारिक बेबसी रही होगी, जिसे वह कभी शब्दों का जामा नहीं पहना सका। कुछ जज़्बात बयां करने के लिए लफ़्ज़ों की ज़रूरत नहीं होती; प्रेमी की आँखों में झाँककर उन्हें बखूबी पढ़ा जा सकता है।

इस कड़वे लेकिन पवित्र सच को स्वीकार करते ही मायरा के अशांत, विद्रोही मन को एक असीम, अनपेक्षित सुकून मिल गया। उसका सारा गुस्सा, सारी नफ़रत पल भर में पिघलकर पानी हो गई।

उसने एक गहरी, लंबी साँस ली और भीगी आवाज़ में कहा, "नील... आज मेरे सारे शिकवे, सारे सवाल हमेशा के लिए ख़त्म हो गए। मुझे अब आपसे कोई शिकायत नहीं है। कोई गिला नहीं है। आप अपनी ज़िंदगी के इस नए सफ़र में हमेशा खुश रहना, और... अपने परिवार का बहुत ख्याल रखना।"

जुदाई का अंतिम क्षण

इससे पहले कि नील मायरा की इस विदाई वाली बात पर कुछ कह पाता या अपने दिल का हाल बयां कर पाता, अंकुर सामान समेटते हुए वहाँ आ पहुँचा। उनकी ट्रेन का समय हो चुका था। भारी कदमों से चलते हुए वे तीनों प्लेटफ़ॉर्म पर पहुँचे, जहाँ ठीक उसी वक़्त लोहे की पटरियों को कंपाती हुई ट्रेन आकर रुकी।

विदाई की इस आख़िरी और सबसे मुश्किल घड़ी में मायरा और नील ने एक-दूसरे को देखा। दोनों की आँखों में एक ही जैसी बेबसी और लाचारी थी—वे दोनों दिल ही दिल में वक़्त की सुइयों को वहीं थाम लेना चाहते थे, इस आख़िरी पल को हमेशा के लिए अमर कर देना चाहते थे। लेकिन समय थमता कहाँ है? वह तो रेत की तरह इतनी बेरहमी से उंगलियों के बीच से फिसलता है कि इंसान को संभलने का मौका तक नहीं मिलता।

तभी ट्रेन का तीखा हॉर्न गूंज उठा—जो उनके अनकहे मिलन के अंत और जुदाई का एक बेरहम इशारा था। मायरा भारी कदमों से ट्रेन के भीतर चढ़ तो गई, लेकिन उसके पैर दरवाज़े पर ही थम गए। वह मुड़ी।

वे दोनों एक-दूसरे को पहली और आखिरी बार कसकर गले लगाना चाहते थे, अपने सारे आंसुओं को एक-दूसरे के कांधे पर बहा देना चाहते थे, पर समाज और स्थापित रिश्तों की अदृश्य बेड़ियों ने उनके हाथ-पैर बांध रखे थे। मर्यादा की दीवारें उनके प्रेम से ज़्यादा मजबूत साबित हुईं।

पटरियों पर छूटती ज़िंदगी

ट्रेन ने एक झटका लिया और धीरे-धीरे रेंगने लगी। शब्दों ने अब पूरी तरह साथ छोड़ दिया था, पर उनकी खामोश, विलाप करती निगाहें एक-दूसरे को निहारती रहीं। दोनों की आँखों से आंसुओं की अविरल धारा बह रही थी।

प्लेटफार्म पीछे छूट रहा था और मायरा आख़िरी लम्हे तक, जब तक नील एक धुंधला सा बिंदु नहीं बन गया, उसे खुद से दूर जाते देखती रही।

ट्रेन की रफ्तार बढ़ने के साथ ही नील उसकी नज़रों से ओझल हो गया। मायरा ने अपनी सीट पर बैठकर खिड़की से सिर टिका लिया। अपने मन में उन तमाम पुरानी यादों, बीते सुनहरे दिनों और नील की उस आखिरी उदास नज़र को समेटे हुए, वह जानती थी कि अब उसका यह पवित्र, अनकहा और अधूरा प्रेम सिर्फ और सिर्फ उसके मन के किसी कोने में ही ज़िंदा रहने वाला है। हकीकत की दुनिया में इसका कोई मुकाम नहीं था।

क्या वक़्त की बेरहम गर्त से निकलकर किस्मत मायरा और नील को कभी किसी मोड़ पर दोबारा मिलाएगी?

क्या मायरा नील की यादों के सहारे अपनी आगे की ज़िंदगी काट पाएगी और उससे किया वह अधूरा वादा ताउम्र निभा पाएगी?

इन अनुत्तरित, अधूरे सवालों को वक़्त के क्रूर हाथों और आपके संवेदनशील दिलों के हवाले करते हुए, मैं इस अधूरी, दर्दभरी दास्तां को यहीं विराम देती हूँ।

क्योंकि कुछ कहानियों का अधूरा रहना ही उनकी मुकद्दर की खूबसूरती होती है।

www.ingramcontent.com/pod-product-compliance
Lightning Source LLC
LaVergne TN
LVHW100332210926
848480LV00003B/1315